Mein Dezember
Eine Adventskalendergeschichte

Mein Dezember

Lena Treichel

© 2024 Lena Alexandra Treichel
lena_treichel91@yahoo.de
Torstraße 49, 10119 Berlin

Lektorat und Korrektorat:
Rania Köhler, Catharina Liesenberg und Beatrice Treichel
Layout und Covergestaltung: Svenja Schulz

Verlag: BoD • Books on Demand GmbH, In de Tarpen 42, 22848 Norderstedt
Druck: Libri Plureos GmbH, Friedensallee 273, 22763 Hamburg

ISBN: 978-3-7597-3710-6

Für die expectobooktronum-Community.
Ihr seid der Grund, dass es diese Geschichte überhaupt gibt
und sie gedruckt wurde.

Michael Bublé – It's Beginning To Look A Lot Like Christmas
Linkin Park – My December
Band Aid – Do They Know It's Christmas
Stevie Wonder – What Christmas Means To Me
José Feliciano – Feliz Navidad
Beach Boys – Little Saint Nick
Kelly Clarkson - Under The Mistletoe
Jordan Smith – Mary Did You Know
Wham – Last Christmas
Mariah Carey – All I Want For Christmas Is You
Rolf Zuckowski – In der Weihnachtsbäckerei
Taylor Swift – Christmas Tree Farm
Céline Dion - Happy Xmas (War Is Over)
Jessie J – Man With The Bag
Ariana Grande – Winter Things
Dolly Parton Michael Buble – Cuddle Up, Cozy Down Christmas
Sam Smith – Have Yourself A Merry Little Christmas
Brenda Lee – Rockin' Around The Christmas Tree
Karel Svoboda - Drei Nüsse für Aschenbrödel
The Offspring – Christmas (Baby Please Come Home)
Michael Bublé – Holly Jolly Christmas
Frank Sinatra – The Little Drummer Boy
Magdalena Haier, Pia Allgaier, Valeska Gerhart – Willst du einen Schneemann bauen?
Sia – Snowman
Helene Fischer – Maria durch ein Dornwald ging
Scala & Kolacny Brothers – Christmas Must Be Tonight
Miley Cyrus – Sleigh Ride
Linkin Park – My December
Jana Werner – Es war einmal im Dezember

01. Dezember

Endlich wieder
Dezember!

Als ich meine Augen öffnete, wusste ich sofort, dass heute ein guter Tag werden würde. Endlich wieder Dezember! Ich tapste ins Badezimmer, spürte die kalten Fliesen unter meinen nackten Fußsohlen und schaute in den Spiegel. Wache, graue Augen funkelten mir entgegen und ich strich fahrig meine blonden, wirren Locken etwas glatter. Egal, wie alt ich war, der erste Dezember war immer etwas Besonderes für mich. Schon als kleines Kind konnte ich vor Aufregung kaum schlafen – schließlich wartete ein nagelneuer Adventskalender auf mich! 24 Türchen, die jeden Morgen Überraschungen für mich bereit hielten, besser ging es doch gar nicht. Als ich kurze Zeit später mit Handtuchturban auf dem Kopf und flauschigem Bademantel am Körper ins Wohnzimmer lief, grinste ich breit übers ganze Gesicht.

Auf dem Sideboard thronte er: mein diesjähriger Adventskalender. Der Kalender war ziemlich groß und aus fester, dunkelgrüner Pappe gefertigt. Er zeigte ein majestätisches Haus mit vielen Fenstern, einigen Türen, funkelnden Lichterketten, unterschiedlichen Personen und Weihnachtsdeko en mass. Es gab so viel zu sehen, dass ich mich schon darauf freute, jeden Tag eine neue Kleinigkeit zu entdecken. Hinter jeder der 24 Türen versteckte sich ein kleines weihnachtliches Bild.

Ich musste schmunzeln, als meine Mutter mir den Kalender am ersten Advent mit feierlicher Miene übergeben hatte, weil ich sofort an das Buch „Hinter verzauberten Fenstern" von Cornelia Funke denken musste. In dieser magischen Weihnachtsgeschichte spielte ein Kalender dieser Art eine wichtige Rolle und die Hauptfigur Julia war zuerst ziemlich neidisch auf ihren kleinen Bruder, weil er einen Schokoladenkalender bekommen hatte und sie sich mit den blöden Bildern zufriedengeben musste. Wenn sie vorher gewusst hätte, was für ein Abenteuer sie erleben würde, hätte sie sich nicht geärgert! Ich liebte das Buch und konnte es nicht erwarten, es wieder zu lesen. Seit Jahren gehörte es für mich fest zur Vorweihnachtszeit dazu und ich empfahl es von Herzen weiter.

Anders als Julia, die Hauptfigur der Geschichte, war ich allerdings kein Kind mehr, sondern 29 Jahre alt. Das milderte meine Vorfreude aber nicht im Geringsten. Ich öffnete vorsichtig die erste Tür des

Kalenders und ein fröhlicher Lebkuchenmann mit Zuckerverzierung und jeder Menge Glitzer auf dem kleinen Körper strahlte mir entgegen. Wie süß! „Alexa, spiel „I't's beginning to look a lot like Christmas'", forderte ich meine Alexa auf und sofort begann Michael Bublé mit seiner Samtstimme eins meiner liebsten Weihnachtslieder zu singen. Mit diesen zauberhaften Klängen im Ohr machte ich mich fürs Büro fertig.

Gerade als ich nach der Arbeit zurück in meine Wohnung kam, mich aus meiner Jacke schälte und meine Stiefel von den Füßen kickte, klingelte mein Handy. „Hi Mama, na, wie geht's?" Wir plauderten ein paar Minuten über unseren Tag, während ich mir nebenbei meine Jeans aus- und meine Jogginghose anzog, ein paar Duftkerzen anzündete und es mir auf der Couch gemütlich machte. „Weißt du noch, dass du damals deinen Schokokalender direkt am ersten Tag komplett geplündert hast und dir dann ganz schlecht war, Alex? Und du wolltest es niemandem sagen und hast alle Türchen wieder zugemacht. Deine Schnute war allerdings so mit Schokolade verschmiert und du warst so blass, dass ich sofort gesehen habe, dass etwas nicht stimmt", erzählte meine Mutter und ich konnte das Schmunzeln in ihrer Stimme hören. Ich verdrehte die Augen. Diese Geschichte hörte ich mir jedes Jahr an, konnte aber nicht anders, als zu lächeln. „Jap, und Mia hat mir dann jeden Morgen etwas von ihrer Schokolade abgegeben, weil ich so geheult habe, dass ansonsten keiner seine Ruhe hatte", antwortete ich wie jedes Jahr. Meine große Schwester Mia war schon immer meine treueste Verbündete gewesen. Nachdem der gesamte Inhalt des Adventskalenders damals meinen Magen auf sehr unschöne Art wieder verlassen hatte – kurz gesagt, ich hatte im Strahl gekotzt – schwor ich mir, nie wieder so gierig Süßigkeiten in mich reinzustopfen.

Meine Mutter und ich unterhielten uns noch eine Weile. Als wir aufgelegt hatten, kochte ich mir in der Küche einen meiner liebsten Weihnachtstees, Pflaume mit Zimt, ging mit der warmen Tasse in den Händen zurück auf die Couch und schloss kurz die Augen. Der Zimtgeruch des Tees stieg mir in die Nase und ich lächelte zufrieden. Die Vorweihnachtszeit hatte begonnen und ich freute mich schon auf morgen – das erste Mal Weihnachtsmarkt in diesem Jahr!

Ich schnappte mir mein Handy und schrieb in die WhatsApp-Gruppe mit meinen besten Freunden Leo und Ina. „Bleibt's bei morgen?!" Leo antwortete sofort. „Klar, der Glühwein schreit schon den ganzen Tag nach mir". Auch Inas Antwort ließ nicht lange auf sich warten. „Zieht euch warm an, die Muddi ist sowas von bereit". Ina hatte einen vierjährigen Sohn, der sie im Alltag ziemlich auf Trab hielt. Wir schrieben noch eine Weile hin und her und ich konnte nicht erwarten, mich am nächsten Tag mit den beiden ins Getümmel zu stürzen. Ich hatte mir vorgenommen, den Dezember in vollen Zügen zu genießen, komme, was wolle. Dafür wollte ich mir jeden Tag etwas vornehmen, was mich in Weihnachtsstimmung versetzte. Für heute Abend hatte ich mir vorgenommen, mit „Hinter verzauberten Fenstern" zu beginnen – und das machte ich auch. Ich schnappte mir das Buch, kuschelte mich auf der Couch ein und begann zu lesen.

Heutige Aufgabe:
Such dir ein weihnachtliches Buch aus und mach es dir gemütlich.

Heutiges Lied:
Michael Bublé – It's beginning to look a lot like Christmas

02. Dezember

Besuch auf dem
Weihnachtsmarkt

„Alex, hier sind wir, huhu, Aleeeex" darf ich vorstellen: meine beste Freundin Ina. Die Worte Peinlichkeit und Scham gehören nicht zu ihrem Wortschatz. Gemeinsam mit Leo wartete sie schon am vereinbarten Treffpunkt. Ein pompöser Bogen aus Tannenzweigen und jeder Menge Lichterketten bildete den Eingang des Weihnachtsmarktes. Beim Anblick der funkelnden Lichter und strahlenden Gesichtern meiner besten Freunde musste ich breit grinsen. „Stellt euch vor, Kontaktlinsen sind die neue magische Erfindung, die auch kurzsichtigen Maulwürfen wie mir dazu verhilft, Menschen von Mülleimern zu unterscheiden, auch ohne dass man sie durch Gekreische zu sich lotsen muss", neckte ich Ina und schloss sie kurz darauf fest in meine Arme. „Gruppenkuscheln!" rief Leo, mein bester Freund, und umarmte uns gleich alle beide. In den letzten Jahren hatten wir es uns zur Tradition gemacht, am ersten Freitag im Dezember zusammen zum Weihnachtsmarkt zu gehen. „The same procedure as last year?" fragte Leo mit verstellter Stimme und wackelte mit seinen schwarzen, dichten Augenbrauen. Seine hellbraunen Augen blitzten verschmitzt auf. „The same procedure as every year, James" antworteten Ina und ich wie aus einem Mund.

Wir steuerten zielsicher auf unseren liebsten Glühweinstand zu. Auch in diesem Jahr staunten wir über jede Menge neue Kreationen – denn an diesem Stand gab es nicht nur den Standard-Glühwein, sondern Sorten wie weißen Vanille-Glühwein, Blaubeerpunsch, Glühwein mit Blue Curacao und noch unzählige andere Schweinereien. Während Ina darauf schwor, dass nur der originale Glühwein das einzig Wahre wäre, probierten Leo und ich jedes Jahr eine neue Geschmacksrichtung aus und freuten uns wie die Schneekönige. Ich entschied mich für den weißen Vanille-Glühwein, Leo wagte sich an den Blue Curacao Glühwein, den Ina mit einem Augenrollen abtat – aber sie grinste dabei. Leo bildete optisch mit seinen hellbraunen Augen, dem dunklen Teint und den schwarzen Haaren das komplette Gegenteil zu Ina, die mit hellblonden Locken, hellblauen Augen und nahezu schneeweißer Haut wie eine Porzellanpuppe aussah. Während wir unseren Glühwein tranken, erinnerte ich mich daran, dass sich heute morgen beim Öffnen meines Adventskalenders eine wunderschöne Tanne hinter dem Türchen verborgen hatte.

Als nächstes besuchten wir verschiedene Handwerksstände und staunten wie jedes Jahr darüber, was für kostbare Schätze nur darauf warteten, in gute Hände zu kommen. Kunstvolle, handgeschnitzte Krippenfiguren, pompöse Weihnachtssterne in unterschiedlichen Farben, die um die Wette funkelten, bunte und wohlduftende Kerzen jeglicher Form und Größe, Schals und Mützen aus weicher Wolle, glitzernde Schneekugeln – für jeden Geschmack war etwas dabei. Mein Blick fiel auf eine besonders schöne Schneekugel. In ihr war eine spiegelnde Eisfläche abgebildet, auf der eine Eiskunstläuferin mit glitzerndem Kostüm stand. Um die Eisfläche herum standen einzelne kleine Tannen, ein Reh mit Kitz und einige eingeschneite Büsche. Alles war dezent mit Glitzer überzogen, auch im Schnee der Kugel befand sich Glitzer. Ich war sofort verliebt und fragte die Verkäuferin: „Darf ich sie mal in die Hand nehmen?" Die Verkäuferin, eine ältere Dame mit grauem Haar, nickte freundlich. Ich zog mir rasch die Handschuhe von den Fingern und nahm die Kugel vorsichtig in die Hände. Am hinteren Teil des schwarzen Sockels war ein kleiner goldener Schlüssel zum Aufdrehen verbaut. „In der Schneekugel ist eine Spieluhr integriert" erklärte die alte Frau. Ich drehte am Schlüssel und ließ die Kugel vor Überraschung fast fallen. Die Melodie von „My December" von Linkin Park klimperte langsam vor sich hin. Eins meiner absoluten Lieblingslieder. „Ich möchte sie gerne kaufen", hörte ich mich sagen. Ina und Leo standen stumm neben mir und tauschten heimlich nervöse Blicke aus. Nachdem ich der Verkäuferin den Preis gezahlt hatte und die Kugel gut gepolstert in meiner Tasche lag, schlenderten wir zu einem Fressstand, um uns Schokoweintrauben, kandierte Äpfel, gebrannte Mandeln und all die Leckereien zu besorgen, auf die wir uns schon so lange gefreut hatten.

„Ist alles okay bei dir?" fragte mich Ina, als ich mir gerade ein großes Stück Crêpe mit Kinderschokolade in den Mund schob. Auch Leo musterte mich aufmerksam. „Ja, wieso?" antwortete ich und wusste genau, worauf sie hinaus wollten. „Ich dachte nur wegen des Liedes..." Und damit traf Ina es – wie immer – genau auf den Punkt. Das Lied war nicht einfach nur ein Lied, was ich mochte, sondern ein Lied, das mich in einer ziemlich schmerzhaften Phase meines Lebens begleitet hatte. Um genau zu sein, hatte ich es in Dauerschleife gehört, als mir vor einem Jahr das Herz gebrochen wurde. Was heißt gebrochen – zerfetzt, zerstampft und verbrannt. So hatte es sich zumindest angefühlt. Aber das hatte ich hinter mir. Ich mochte mein Leben als Single, ich war glücklich mit mir selbst und meinen Liebsten. Zu dieser Erkenntnis war ich nicht zuletzt durch meine Freunde gekommen. Und genau das sagte ich den beiden auch. „So, jetzt, wo das geklärt ist, lasst uns bitte die angespannten Gesichter wieder einpacken und den Abend genießen. Mir geht es gut, ich bin glücklich, so wie es ist und ihr braucht euch keine Sorgen machen, okay? Versprochen", besänftigte ich die beiden, die erleichtert aufatmeten und nickten. „Okay. Wie wärs mit einer Fahrt in der wilden Maus?" fragte Leo und klatschte dabei in die Hände wie eine übermütige Seerobbe. Ich kicherte. Bei der Mini-Achterbahn angekommen, standen wir einige Minuten an, bis wir uns Tickets kaufen konnten. „Sie können ihre Taschen gerne für die Fahrt hier abstellen, damit nichts herausfällt", bot uns der Ticketverkäufer an und zeigte auf eine Plastikkiste, die zu seinen Füßen lag. Das Angebot nahm ich gerne an. Leo und Ina hatten so kleine Taschen dabei, dass sie sie gut mit auf die wilde Fahrt nehmen konnten. Ich wollte nicht riskieren, meine Schneekugel versehentlich zu zerbrechen.

Als die Fahrt losging, kreischten wir vor Lachen und Freude, genossen das Kribbeln im Bauch und kauften uns im Anschluss direkt noch ein Ticket. Wie ich dieses Gefühl liebte! Als wir insgesamt fünf Runden gefahren waren, machten wir uns auf den Weg zur Bühne des Weihnachtsmarktes, auf dem in fünfzehn Minuten ein Chor singen sollte.

Wir liefen gerade plaudernd Richtung Chor, als mich jemand von hinten am Ärmel festhielt. „Entschuldigung, ist das deine Tasche?" Ich fuhr erschrocken zusammen und drehte mich um. Ein Typ mit dunkelbraunen Haaren und bernsteinfarbenen Augen stand vor mir und hielt mir meine Tasche entgegen. „Achherrje, die habe ich ja total vergessen! Danke", stammelte ich und griff nach meiner Tasche. „Kein Problem, mein Vater hat euch vorhin die Tickets verkauft und meinte, ich sollte dir nachgehen und schauen, ob ich dich noch erwische. Viel Spaß euch weiterhin", sagte er, drehte sich um und ging wieder Richtung Wilde Maus. „Ja also, tschüss dann" murmelte ich

verdattert. „Alex, kommst du?" fragte Leo, der gemeinsam mit Ina
einige Schritte vor mir stand und nichts mitbekommen hatte. „Ja,
klar", antwortete ich und schloss mich wieder meinen Freunden an.

Der restliche Abend war noch sehr schön und wir lachten gemeinsam,
bis uns die Bäuche wehtaten. Ich gebe zu, es könnte auch daran liegen,
dass wir uns absolut maßlos viel zu viel Essen reinschaufelten und das
Ganze mit noch mehr Glühwein begossen. Als wir uns ordentlich an-
geschwipst voneinander verabschiedeten und ich mich zu Fuß auf den
Weg nach Hause machte, merkte ich, dass ich seit der Fahrt mit der
wilden Maus Herzklopfen und dieses kribbelige Gefühl im Magen
hatte. Zumindest redete ich mir ein, dass es daran lag – und nicht an
den bernsteinfarbenen Augen des Fremden, die etwas tief in meinem
Inneren berührt hatten.

Heutige Aufgabe:
Plane einen Weihnachtsmarktbesuch mit Freunden oder mit der
Familie.

Heutiges Lied:
Linkin Park – My December

03. Dezember

Ein weihnachtlicher
Duft zieht ein

Mit leichten Kopfschmerzen öffnete ich die Augen. Ich griff nach der Flasche Wasser, die ich auf dem Nachttisch deponiert hatte, und richtete mich im Bett auf, um ein paar Schlucke zu trinken. Nachdem ich noch einige Zeit im warmen, kuscheligen Bettchen verbracht hatte, stand ich auf, um mir Frühstück zu machen. Ich hatte mir für heute vorgenommen, ein kleines Tannengesteck für meine Mutter zu basteln. Morgen war zwar schon der zweite Advent, aber irgendwie hatte ich verpennt, dass der erste Advent schon im November war und hatte deswegen letzte Woche nichts vorbereitet. Ich startete meine Weihnachtsplaylist und sang laut bei „Do they know it's christmas“ mit, während ich mir ein Rührei zubereitete und zwei Toasts in den Toaster steckte.

Nach dem Frühstück machte ich mir eine Einkaufsliste: frische Tannenzweige, eine rote Kerze, etwas schönes Glitzerndes, einen Holzteller zum Drapieren und ein paar goldene Dekoelemente. Ich hoffte, dass mir im Bastelladen etwas Passendes ins Auge sprang. Nach einer kurzen Dusche, ein paar Schichten Concealer und Wimperntusche, schnappte ich mir meinen Einkaufsbeutel und meine Tasche, schlüpfte in meinen Mantel, wickelte mich dick in meinen Schal ein und machte mich auf den Weg ins Einkaufscenter.

Eineinhalb Stunden später kramte ich vor der Haustür mit vollem Beutel und einer weiteren Tüte in meiner Tasche nach meinem Schlüssel. „Wo hast du dich versteckt, du kleines Biest?“ murmelte ich. „Hallo Alex, meinst du mich?“ fragte mich ein helles Stimmchen hinter mir. Ich fuhr erschrocken herum. „Ach, hi, Elli!“ Nein, ich suche meinen Schlüssel, der hat sich irgendwo in meiner Tasche einen Platz für den Winterschlaf gesucht“, antwortete ich lächelnd. Elli war die sechsjährige Tochter meiner Nachbarn und ein absolutes Goldstück. Allerdings kam sie momentan bei ihren Eltern etwas zu kurz, seit ihre Mutter vor einem halben Jahr Zwillinge zur Welt gebracht hatte. Klar, das war sicher eine Herausforderung, trotzdem war mir aufgefallen, wie Elli regelrecht nach Aufmerksamkeit lechzte. „Ich kann dir ja helfen, okay? Vielleicht können wir das Biest dann zusammen aufwecken und überreden, die Tore zu deiner Burg zu öffnen!“ quietschte sie begeistert. In ihrem dicken, roten Wintermantel sah sie einfach zuckersüß aus. Ich nickte und sagte: „Gerne, schau mal, ich halte die Tasche auf und du suchst, einverstanden?" Nach wenigen Sekunden förderte Elli meinen Schlüsselbund zu Tage und schloss mit sicheren Griffen meine Wohnungstür auf. „Danke Elli, auf dich ist Verlass. Möchtest du als Dankeschön einen Kakao mit mir trinken?", bot ich ihr an. „War doch kein Problem. Ich muss leider nach Hause, ich durfte nur kurz im Hof spielen, damit Mama ihre Ruhe hat, sonst würde ich gerne Kakao trinken" antwortete sie und ein Anflug von Traurigkeit huschte über ihr Gesicht – allerdings nur für einen kurzen Augenblick. „Na dann schnell nach Hause mit dir und liebe Grüße!" sagte ich, aber da flitzte Elli schon die Treppe hoch.

Mit einer Tasse Tee bewaffnet, machte ich mich kurze Zeit später daran, die frischen Tannenzweige mit grünem Draht zu bändigen, zurechtzubiegen und in eine schöne Form zu bringen. Der Bastelladen hatte mich nicht enttäuscht, ich hatte richtig tolle Deko gefunden. Nach einer Stunde schaute ich stolz auf mein Kunstwerk. Für mein erstes eigenes Gesteck sah das gar nicht mal so schlecht aus! Und meine Wohnung roch nun angenehm nach Tanne. Ich atmete ein paar Mal tief ein, um den Geruch zu genießen – das stand nämlich heute auf meiner „Was ich tun kann, um die Vorweihnachtszeit zu genießen"-Liste.

In meiner Kindheit hatte ich mit meiner Mutter und meiner Schwester in der Weihnachtszeit Orangen mit Nelken bestückt, auch das hatte ich mir für heute vorgenommen. Ich ging in die Küche, nahm das große Netz Orangen, das ich besorgt hatte, eine Rouladennadel und den Beutel mit Nelken, mit ins Wohnzimmer. Als ich die ersten Löcher in die porige Haut der Orange stach, mischte sich der Tannenduft mit frischem Orangenduft. „Schöner gehts ja wohl nicht" sagte ich laut zu mir selbst. Und das stimmte – ich freute mich auf morgen, wenn ich gemeinsam mit meiner Familie den zweiten Advent feiern würde, meiner Mutter mit dem Gesteck eine Freude machen konnte und meiner Schwester eine Orange mit Nelken in die Hand drücken würde. Während ich meinen Wohnzimmertisch aufräumte, dachte ich an meine Schneekugel, die noch eingewickelt in meiner Tasche lag. Ich ging in den Flur, griff in meine Tasche und zog die Kugel vorsichtig heraus. Nachdem ich das knisternde Einschlagpapier abgezogen hatte, setzte ich mich mit der Kugel in den Händen auf die Couch und zog die Spieluhr auf. Leise sang ich mit.

„And I'd give it all away
Just to have somewhere to go to
Give it all away
To have someone to come home to!"

Ich spürte, dass der Text nach wie vor etwas in mir berührte, auch wenn ich mit meinem Leben wirklich zufrieden war. Trotzdem konnte ich nicht umhin, wieder an den Typen zu denken, der mir die Tasche hinterhergetragen hatte. Und das ärgerte mich. „Schluss jetzt! Bist du wieder 14 oder was, du kennst den doch nicht mal, weißt nichts über ihn und ob er überhaupt single ist", schimpfte ich mit mir selbst. Wie oft hatte ich mich über Mädels in Büchern geärgert, die sofort, wenn sie einen Typen sahen, wie willenlose Lemminge ins Verderben rannten? Nee, nicht mit mir! Ich schaltete den Fernseher ein und freute mich, dass gerade einige Folgen „Weihnachtsmann und Co. KG" am Stück liefen. Dabei öffnete ich die dritte Kalendertür und erblickte ein Rentier mit knallroter Nase, das mich zum Lächeln brachte. Den restlichen Tag verbot ich mir, an fremde Typen und Herzensangelegenheiten zu denken.

Heutige Aufgabe:
Bastel etwas weihnachtliches oder sorge anderweitig dafür, dass ein
weihnachtlicher Duft bei dir Zuhause einzieht.

Heutiges Lied:
Band Aid – Do they know its Christmas

04. Dezember

Die heiligen vier Punschgläser

All these things and more, whoa that's what christmas means to me" schallte es laut aus den Musikboxen im Wohnzimmer meiner Eltern. Mein Vater trug riesige grün-rote Hausschuhe mit Glöckchen und tanzte albern zur Musik, während er laut und schief mitsang. Meine Mutter saß zusammen mit meiner Schwester Mia zufrieden am Esstisch und schielte immer wieder stolz zu dem Adventsgesteck, das ich ihr mitgebracht und über das sie sich wahnsinnig gefreut hatte. „Was meint ihr, ist es schon Zeit für Punsch?" fragte sie, und meine Schwester Mia und ich sprangen direkt auf, um ihr zu helfen. Der Punsch meiner Mutter gehörte für Mia und mich zu den absoluten Highlights der Weihnachtszeit, seit wir denken konnten.

In der Küche stand schon alles für den warmen Apfel-Birnen-Punsch mit Zimt bereit. Birnensaft, Apfelsaft, eine handvoll Nelken, eine Stange Zimt, eine frische, strahlend gelbe Zitrone – als wir all die Zutaten nacheinander in einen großen Topf gegeben hatten und den Punsch langsam erhitzten, zog ein magischer Duft in meine Nase. Mia hatte schon damit begonnen, die Punschgläser in den Tiefen des Küchenschranks unserer Eltern zu suchen. „Also Mama, dein Schrank wird aber auch immer voller!", schimpfte sie mit unserer Mutter. „Je oller, desto doller", reagierte diese prompt und wir mussten kichern. „Ha, ich hab sie!" verkündete Mia ihren Erfolg, während ihr halber Oberkörper noch im Schrank steckte. Sie zog einen abgegrabbelten Pappkarton aus dem Schrank und stellte ihn auf die Küchentheke. Vorsichtig öffnete sie den Karton und zog die vier Punschgläser heraus, die die Vorweihnachtszeit für uns erst so richtig einläuteten. Sie waren aus feinem Glas hergestellt und kunstvoll eingravierte Buchstaben und Sternchen zierten sie.

Unsere Oma hatte diese vier Gläser extra für uns anfertigen lassen. Meine Eltern, Mia und ich hatten je ein Punschglas mit unserem Namen darauf bekommen. Das erste Jahr nach dem Tod unserer Großmutter war es besonders hart gewesen, aus ihnen zu trinken. Inzwischen trösteten wir uns damit, dass sie sicher von dem Ort, an dem sie nun war, zuschaute und sich freute, dass wir weiterhin oft an sie dachten. Und das taten wir. Für mich war es wahnsinnig wichtig, die Adventszeit auch dafür zu nutzen, in liebevoller Erinnerung all jener Menschen zu gedenken, die nicht mehr auf der Erde wandelten. Dafür durchstöberte ich gerne alte Fotoalben und schwelgte in dankbarer Stimmung in Erinnerungen. Eine sehr kluge Frau hatte mal zu mir gesagt, dass die Dankbarkeit für die schöne, gemeinsame Zeit, es irgendwann schaffte, das Gefühl von Leere und Wut größtenteils abzulösen und die Liebe zu der verlorenen Person überwog. Und das stimmte. Auch wenn es jedes Jahr rund um ihren Todestag schwer wurde, sich nicht runterziehen zu lassen. Und dieser Tag stand bald wieder an. Daran wollte ich jetzt allerdings lieber nicht denken, sondern den Tag mit meiner Familie genießen.

Nachdem wir unsere Gläser leer geschlürft hatten, zündete mein Vater den Kamin an und wir lümmelten uns aneinandergekuschelt auf die Couch. Wie ich diese gemütlichen Familientage liebte! Im Hintergrund lief leise Musik, das Feuer knisterte. Inzwischen war es dunkel geworden und die Weihnachtsdekoration meiner Eltern kam voll zur Geltung. Die Fenster waren mit funkelnden, warmgelben Lichterketten geschmückt, auf der Kommode stand der wunderschöne Adventskranz meiner Eltern mit zwei flackernden, dunkelroten Kerzen, deren Flammen eine gemütliche Atmosphäre zauberten. An einem anderen Fenster hing ein riesiger Weihnachtsstern. Auf dem niedrigen Sideboard neben der Couch war die Holzkrippe aufgebaut, die in kunstvoller Handarbeit von meinem Großvater geschnitzt worden war. Die einzelnen Figuren und Tiere waren so liebevoll und detailliert gearbeitet, dass wir uns schon als Kinder kaum trauten, sie zu berühren, aus Angst, sie kaputt zu machen. Das Jesuskind hatte mein Vater immer erst Heiligabend mit dazugelegt, heimlich, sodass wir jedes Jahr aufs Neue verzaubert von der Magie der Krippe waren.

Mein Blick schweifte weiter durchs Wohnzimmer. Den Baum kauften wir immer erst eine Woche vor Weihnachten, meine Mutter hatte für die Übergangszeit einige unechte Tannengirlanden aufgehängt und mit kleinen, dunkelroten Kugeln und winzig kleinen Lichterketten geschmückt. Es funkelte in allen Ecken des Zimmers, mir war wohlig warm und meine Schwester kraulte mir den Kopf. Für mich der Inbegriff eines perfekten Sonntags. Mein heutiges Kalenderbild hatte mich schon auf die gemütliche Atmosphäre eingestimmt und mir ein Paar kuschelige, knallrote Socken präsentiert.

Als ich zwei Stunden später gerade meinen Wohnungsschlüssel ins Schloss stecken wollte und dabei meine Kopfhörer abnahm, hörte ich Schritte, Stimmen und Babygeschrei in der Etage über mir. Elli und ihre Familie! „Mama, meinst du, der Nikolaus bringt mir das Buch, das ich mir so wünsche? Und den türkisen Filzer? Und die Schokolade, die ich so gerne esse?" hörte ich Elli aufgeregt plappern. Ihre Mutter antwortete nicht, sondern übertönte genervt das Babygeschrei. „Tobi, jetzt schließ endlich die Tür auf, du hörst doch, dass die Kleinen weinen." Elli versuchte es noch einmal. „Mama, ich war doch aber artig, oder? Ich hab doch nichts gemacht, um den Nikolaus sauer zu machen, oder? Ich war doch ein liebes Kind?" „Ja ja Elli, du warst lieb. Jetzt komm bitte endlich rein", forderte ihr Vater ungeduldig. Ich wurde traurig. Das ganze wohlige Gefühl, das ich bei meinen Eltern aufgesaugt hatte, wollte sich verkrümeln, aber ich hielt daran fest und fasste einen Entschluss: den diesjährigen Nikolausmorgen würde Elli nicht vergessen. Dafür würde ich persönlich sorgen.

Heutige Aufgabe:
Mach dir einen warmen Punsch und bereite eine Nikolausüberraschung vor.

Heutiges Lied:
Stevie Wonder – What Christmas Means To Me

05. Dezember

Morgen kommt der Nikolaus – oder?

Montage sind nicht gerade beliebt und auch ich hatte morgens Schwierigkeiten, mich aus meinem warmen Bett zu bewegen. Allerdings hatte mein Beschluss, Elli ein schönes Nikolausfest zu bereiten, eine Vorfreude in mir ausgelöst, die mich gut durch den Tag trug. Bei der Arbeit konnte ich mich kaum konzentrieren, weil ich mich so darauf freute, Geschenke für sie zu besorgen. Ich arbeitete gefühlte drei Stunden und als ich auf die Uhr schaute, waren nur 10 Minuten vergangen. Wie konnte sowas denn eigentlich sein?! Mir konnte niemand sagen, dass das mit rechten Dingen zuging. Völlig frustriert steckte ich mir meine Kopfhörer in die Ohren und hörte „Feliz Navidad", um zurück in die Vorweihnachtsstimmung zu kommen.

Endlich Feierabend! Auf dem Weg vom Büro zu mir nach Hause kam ich sowohl am Weihnachtsmarkt als auch am Einkaufscenter vorbei. Ich wusste genau, mit welchem Buch ich Elli eine Freude machen konnte, sie hatte mir nämlich neulich erzählt, dass Hasen ihre Lieblingstiere waren. Zufällig hatte ich im letzten Jahr „Himmeldonnerglöckchen" von Jasmin Zipperling kennen und lieben gelernt. Die Hauptfigur war Hopsi, ein kleines Häschen, das viel lieber in der Weihnachtswerkstatt arbeiten wollte, statt als Osterhase ausgebildet zu werden. Das Buch war so niedlich, dass ich es Elli unbedingt schenken wollte. Im Buchladen angekommen bestaunte ich die festliche Dekoration, die über den verschiedenen Tischen mit Büchern angebracht war. Ich war kurz davor, mir die Hände an die Seiten meines Gesichts zu halten – als Scheuklappenersatz – denn ich hörte in meinem Kopf die Stimme meines Stapels ungelesener Bücher, die mir zurief, mich gefälligst erst um ihn zu kümmern, bevor ich mich in neue Bücher verliebte. Deshalb steuerte ich zielsicher auf den Tisch mit den Kinderbüchern zu und ergatterte Himmeldonnerglöckchen. An der Kasse stand ein Drehregal mit zauberhaften Lesezeichen und da es auch eins mit einem Hasen gab, kaufte ich es gleich mit dazu.

Die nächste Station war der Schneekugelstand auf dem Weihnachtsmarkt. Die alte Frau hatte auch kleinere Kugeln für Kinder gehabt und ich konnte Ellis strahlende Augen schon vor mir sehen, wenn sie beim Schütteln den Schnee aufwirbeln würde. Nach einigen Minuten kam ich am Weihnachtsmarkt an und betrat zielsicher das Getümmel. Der Geruch von Popcorn, Zimt, Zucker und Rostbratwurst stieg mir in die Nase. Mir lief direkt das Wasser im Mund zusammen und ich nahm mir vor, auf dem Rückweg eine Kleinigkeit mit nach Hause zu nehmen. Gedankenverloren schlenderte ich zum Stand. Doch dort saß nicht die alte Frau, die mich beim letzten Mal so freundlich angelächelt hatte – sondern der Typ, der mir die Tasche hinterhergetragen hatte. „Das glaub ich jetzt nicht. Sowas passiert doch nur in Büchern oder Filmen", dachte ich. Er schaute mir ins Gesicht und lächelte. „Hallo, hab ich dich nicht neulich schon gesehen?" fragte er.

Was soll ich sagen, ich glaube, so rot wurde ich nicht mehr, seit ich mich in der siebten Klasse in einen Kaugummi gesetzt hatte und den halben Tag mit diesem ekelhaften Teil am Hintern durch die Schule spaziert war, ohne dass es mir jemand sagte. Als ich dann im Matheunterricht aufgerufen wurde und zur Tafel ging, hatte der Typ, in den ich heimlich seit Wochen verknallt war, laut gesagt: „Ieh, was hat Laura denn da am Arsch" und die Klasse brüllte vor Lachen. Ich heiße nicht Laura. Ich heiße Alex. Von dem Tag an war dieser Idiot für mich gestorben.

Ich räusperte mich. „Ja, hi. Genau, ich bin die, die ihre Sachen nicht bei sich behalten kann" sagte ich lächelnd. „Also meine Tasche. Andere Sachen kann ich schon bei mir behalten, also meine Hände und so", setzte ich hinterher. Hatte. Ich. Nicht. Gesagt. Er grinste. „Schade, ich dachte, vielleicht möchtest du noch eine Schneekugel kaufen. Die solltest du vorher nämlich unbedingt mal in die Hände nehmen" rettete er mich aus meiner Misere. „Ja, das möchte ich wirklich gerne. Ich suche nach einer kleinen Schneekugel für ein sechsjähriges Mädchen" sagte ich dankbar und schaute mich suchend um. Er überlegte kurz und griff dann zielsicher nach der Kugel, die ich auch schon ins Visier gefasst hatte. „Wie wäre es mit dieser hier?" In der Kugel befand sich ein kleiner Engel. Er grinste breit, war über und über mit Glitzer bedeckt und um ihn herum lagen jede Menge kleine, rotweiße Geschenke und goldene Sterne. Auch eine Glocke mit Schleife war mit dabei, die mich an das heutige Adventskalenderbild erinnerte. „Die ist toll!" sagte ich begeistert und streckte meine Hand aus. „Darf ich?" fragte ich und er legte die Kugel vorsichtig in meine Hand. Sie war etwa halb so groß wie meine eigene Kugel und passte perfekt zu Elli. „Ja, die nehme ich. Wie viel kostet sie?" Ich zahlte und er verstaute das Glasobjekt vorsichtig in knisternder Folie und kramte hinter dem Stand nach einer schönen, roten Tüte. „Hier, dann brauchst du sie nicht mehr einpacken. Viel Freude damit", sagte er und hielt mir die Tüte entgegen. „Dankeschön, hab noch einen schönen Abend", wünschte ich ihm und lächelte ihn an. „Danke, du auch", sagte er und schob ein: „Vielleicht bis bald" hinterher.

Der letzte Weg auf meiner Einkaufstour für Elli führte mich zu einem Süßigkeitenstand, an dem ich ein riesiges Lebkuchenherz mit der Aufschrift „Goldstück" für Elli und Schokoerdbeeren am Spieß für mich kaufte. Die Schokoerdbeeren futterte ich auf dem Weg nach Hause und das leichte Lächeln auf den Lippen begleitete mich bis in den Schlaf.

Heutige Aufgabe:
Mach dein Nikolausgeschenk startklar.

Heutiges Lied:
José Feliciano – Feliz Navidad

06. Dezember

Geteilte Freude ist
die schönste Freude

„Oh mein Gott, was ist los" knurrte ich, als der Wecker mich viel zu früh aus dem Schlaf riss. Ich tastete hektisch nach meinem Handy, das auf dem Nachttisch lag und drückte auf Snooze. Eine Sekunde später durchfuhr es mich wie ein Blitz: Elli! Nikolaus! Schnell! Dafür stellte ich mir doch gerne um 5 Uhr morgens den Wecker, denn ich hatte nicht riskieren wollen, dass sie nachts heimlich auf den Nikolaus lauerte und mich dabei erwischte, wie ich etwas für sie abstellte. Ich sprang aus dem Bett, verhedderte mich dabei in der Bettdecke und stolperte polternd im Schlafzimmer herum. Motzend befreite ich mich aus der Decke und stakste fröstelnd ins Bad. Als ich meine Augenringe im Spiegel betrachtete, fiel mir ein lustiger Moment ein, den ich mal mit Leo erlebt hatte. Ich hatte nach meiner furchtbaren Trennung im letzten Jahr mit Schlafproblemen zu kämpfen und einige nächtliche Heulattacken hatten auch nicht gerade geholfen, um morgens frisch auszusehen. Als wir uns eines Morgens zum Spazieren getroffen hatten, hatte ich ihn gefragt, ob die Augenringe doll auffallen würden und er hatte einen erschrockenen Satz zurück gemacht und panisch gerufen: „Oh mein Gott, der Panda kann sprechen, ich werde verrückt!" Ich musste so lachen, dass ich grunzte.

Ganz so schlimm sah ich heute zwar nicht aus, aber ich hoffte trotzdem, im Hausflur niemandem zu begegnen. Die Geschenktüte für Elli hatte ich gestern noch mit ein paar Tannenzweigen, die vom Adventsgesteck übrig geblieben waren und einer mit Nelken bestückten Orange aufgehübscht. Ich schnappte sie mir, streifte meine Adiletten über und huschte mit Schlafanzug und Bademantel bekleidet in den Hausflur. Weil ich nicht riskieren wollte, dass mich jemand – vor allem Elli – sah, machte ich nur meine Handytaschenlampe und nicht das große Licht im Flur an. Ich schlich die Treppe hoch und stellte die Tüte, die ich mit einer Schleife und einem Zettel, auf den ich in geschwungenen, glitzernden Lettern ELLI drauf geschrieben hatte, vor die Haustür. Danach tappte ich leise die Treppe wieder runter. Jetzt hieß es abwarten und Tee trinken.

Um Punkt sieben Uhr hörte ich, wie die Wohnungstür von Ellis Familie geöffnet wurde. Vermutlich wollte Ellis Vater los zur Arbeit. Dadurch, dass immer eins der Zwillingsbabys schrie, hatte ich diesen Moment unmöglich verpassen können. Ich sprang zu meiner eigenen

Tür und öffnete sie einen Spaltbreit, um zu lauschen. „Huch, was ist das denn?" murmelte Ellis Vater Tobias. „Elli, komm mal Schätzchen, hier ist eine Tüte für dich mit deinem Namen drauf", rief er nach seiner Tochter. Ich hörte Ellis schnelles Fußtippeln und kurz darauf entfuhr ihr ein aufgeregtes Kreischen. „Oh Papa, dann hat mich der Nikolaus doch nicht vergessen, oder? ODER?" Mir ging das Herz auf. Dieses kleine Mädchen war einfach nur Zucker und hatte jedes Glück der Welt verdient. Wie sie auf die Geschenke reagierte, bekam ich nicht mit, weil sich die Wohnungstür hinter den beiden wieder geschlossen hatte. Ein paar Minuten später hörte ich, wie Ellis Vater die Treppen herunter lief und das Haus verließ.

„Der beste Weg, sich selbst eine Freude zu bereiten, ist, einem anderen eine Freude zu bereiten" – dieser Kalenderspruch ging mir seit Wochen nicht aus dem Kopf und nun hatte ich die Bedeutung am eigenen Leib gespürt. Die Vorweihnachtszeit sollte ja nicht umsonst dazu genutzt werden, anderen eine Freude zu machen und etwas für Bedürftige zu spenden. Ich hatte mir vorgenommen, dieses Jahr wieder nach neuen tollen Aktionen zu suchen, um all die Liebe zu verteilen, die ich in mir trug. Elli war nur die erste Person, die das zu spüren bekommen hatte. Ich konnte den Gedanken nicht ertragen, dass dieses liebe Wesen möglicherweise ohne Überraschung im Schuh in den Tag hätte starten müssen.

Im Gegensatz zu gestern verging die Zeit bei der Arbeit heute wie im Flug. Meine Chefin hatte jedem von uns einen kleinen Schoko-nikolaus auf den Schreibtisch gelegt, was ich wahnsinnig nett fand. Auch mein Adventskalenderbildchen hatte mir heute morgen einen prallgefüllten Stiefel mit Leckereien gezeigt. Als ich später gemüt-lich mit einem Buch in der Hand auf meiner Couch lag, klingelte es an der Tür. Ellis Mutter stand davor – ohne Babys. „Hi Alex, störe ich dich gerade?" fragte sie und lächelte mich an. Ich konnte sehen, wie müde und erschöpft sie war. „Quatsch, komm gerne rein, Claudi" antwortete ich und setzte mich mit ihr an den Esstisch. „Danke, dass du Elli so eine schöne Überraschung gemacht hast. Sie hat sich wahn-sinnig gefreut. Was musst du nur von uns denken. Wir haben heute morgen einfach vergessen, Elli ihr Nikolausgeschenk hinzustellen", sagte sie und blickte beschämt auf ihre Hände, die sie in ihrem Schoß rang. „Soll ich dir sagen, was ich denke?" wagte ich tapfer einen Vorstoß. Claudi nickte vorsichtig und schaute mich ängstlich an. „Ich sehe eine Frau, die drei wunderschöne Kinder in die Welt gesetzt hat, die müde und erschöpft ist und dringend Unterstützung und vor allem eine gesunde, ungestörte Mütze Schlaf braucht. Ich weiß nicht, wie ihr das schafft, zumal Tobi ja so viel arbeitet und oft unterwegs ist, und ich kann nur versuchen mir vorzustellen, wie viel Kraft es kostet, nicht jeden Tag durchzudrehen oder rumzuschreien." Sie schaute mich baff an. „Wer bin ich, über eure Familie zu urteilen? Ich schaffe es nicht mal, meine Zimmerpflanzen am Leben zu halten", versuchte ich es mit einem lahmen Witz. Es funktionierte, Claudi entspannte sich etwas. „Danke, das tut so unglaublich gut. Wir geben uns wirklich Mühe, aber momentan ist es wie verhext und jetzt ist auch noch meine Mutter im Krankenhaus. Ich weiß einfach nicht, wo mir der Kopf steht", vertraute sie mir an. Wir unterhielten uns noch eine halbe Stunde und sie schüttete mir ihr Herz aus, fragte aber auch, was mich momentan bewegte. Zum Abschied umarmte sie mich fest und nahm mein Angebot, ihr jederzeit zu helfen, dankend an. Danach war ich doppelt glücklich – glücklich, einem kleinen Menschen eine große Freude bereitet und einer erwachsenen Frau Verständnis, ein offenes Ohr und Zeit geschenkt zu haben.

Als ich ins Bad ging, um mich bettfertig zu machen, hörte ich „Little Saint Nick" und wippte im Takt mit. Ich trieb es so weit mit meinen unkontrollierten Tanzbewegungen, dass ich beim Zähneputzen die gesamte Zahnpasta auf dem Spiegel und meinem Top verteilte. Egal, sah ohne Brille aus wie Flocken aus Kunstschnee. Und Schnee gehörte ja schließlich im Dezember dazu, oder?!

Heutige Aufgabe:
Suche nach einer Spendenaktion deiner Wahl und tu etwas Gutes.

Heutiges Lied:
Beach Boys – Little Saint Nick

07. Dezember

Tanz den Weih-
nachtstanz, Baby!

Das heutige Bild in meinem Adventskalender zeigte ein paar Schlittschuhe mit geschwungenen Kufen und glitzernden Schnürsenkeln. Zuerst schaute ich träumerisch auf das Bild, dann fuhr mir der Schreck in die Glieder. Inas Geburtstag! Freitag wurde meine Freundin 30 und hatte eine Kostümparty geplant. Das Motto: winterliche Funkelei. Was das genau bedeutete? Keine Ahnung, als ich Ina gefragt hatte, meinte sie nur: „Jeder kann das so interpretieren, wie er möchte". Ich hatte schon vor Wochen ein Kostüm in den örtlichen Kostümladen liefern lassen, aber durch die ganze „Ich genieße den Dezember in vollen Zügen"-Attitüde komplett vergessen, es abzuholen. Das würde ich direkt nach der Arbeit erledigen.

Langsam aber sicher hatte ich meine Kollegen mit der Weihnachtsstimmung angesteckt. Meine liebste Kollegin Line summte gedankenverloren „Rudolph the red nosed reindeer" vor sich hin, während sie mit ihren langen, bunten Fingernägeln in Windeseile auf der Tastatur tippte und eine Email nach der nächsten beantwortete. Ich zählte mal wieder die Sekunden, bis ich Feierabend hatte, obwohl ich meinen Job eigentlich ganz gerne mochte. Als ich endlich mit allem fertig war und zusammenpackte, machte sich Aufregung in mir breit. Ob das Kostüm so schön sein würde, wie es im Katalog ausgesehen hatte? „Hör auf, dich verrückt zu machen", sagte ich in Gedanken zu mir selbst, verabschiedete mich von meinen Kollegen und machte mich auf den Weg zum Kostümladen.

Nach einer halben Stunde öffnete ich schwungvoll die dunkle, geschwungene Tür des Ladens. Warme Luft und der Geruch nach frisch gewaschener Wäsche schlugen mir entgegen. Ein leichtes Lächeln schlich sich automatisch auf meine Lippen. Die Besitzerin des Ladens, Frau Huber, begrüßte mich freundlich. Ich hatte in der Vergangenheit schon öfter Kostüme bei ihr gekauft und mich dabei das ein oder andere Mal ausführlich von ihr beraten lassen. Sie machte sich auf den Weg ins Lager, um mein bestelltes Kostüm zu holen.

Kurze Zeit später stand ich unglücklich in einer geräumigen Umkleidekabine mit großem Spiegel und zupfte an einer unförmigen weißen Masse Tüllstoff herum, die mich umwaberte, wie eine übergroße Wolke. „Und, wie sieht's aus?" fragte mich Frau Huber. Zaghaft zog ich den Vorhang der Kabine auf und ich rechnete es ihr hoch an, dass sie nicht direkt in lautes Gelächter ausbrach. „Ich wollte als glitzernde Schneeflocke gehen, ich glaube, das lasse ich lieber", sagte ich und überschlug im Kopf fieberhaft meine Möglichkeiten. „Mach dir mal keine Sorgen, ich glaube, ich habe genau das Richtige für dich!", beruhigte sie mich mit ihrer warmen, melodischen Stimme. Ich schlüpfte aus dem Ungetüm aus Tüll und wartete.

Einige Momente später streckte sie diskret ihren Arm in die Umkleidekabine, in ihrer Hand einen Bügel mit einem blauen, glitzernden Kleid. „Wow, ist das schön!" rief ich begeistert. Als ich den fließenden Stoff durch meine Hände gleiten ließ, stellten sich meine Armhaare auf. Das Kleid erinnerte mich an das Kleid der Eiskunstläuferin in meiner Schneekugel. Ich schlüpfte hinein und es passte wie angegossen, so als hätte es nur darauf gewartet, von mir getragen zu werden – und das passierte so gut wie nie, denn ich war recht klein und mir war meistens alles zu groß. Die Ärmel bestanden aus dunkelblauem Chiffon, das meine Arme so zart umspielte, wie ein Hauch von nichts und dabei trotzdem erstaunlich warm hielt. Das Oberteil war in einem kräftigen Enzianblau gehalten und war über und über mit silber funkelnden Strasssteinchen besetzt, die wie winzige Eiskristalle schimmerten. Es lag eng an meiner Brust und meinem Bauch an, ohne mir die Luft abzuschnüren oder sich unangenehm anzufühlen. Der Rock umspielte meine Knie und bestand aus dem gleichen Stoff, wie das Oberteil, war aber mit einer Chiffonschicht überdeckt, die etwas länger als der Unterrock war. Mit meinen blonden Haaren, die ich heute in einem Dutt trug, sah ich aus, als würde ich gleich aufs Eis steigen. Fehlten nur noch die Schlittschuhe. „Und, passt es?", hörte ich Frau Huber fragen. Ich verzichtete auf eine Antwort und zog den Vorhang auf. „Wow, Alex! Schau dich an! Das ist DEIN Kleid!" hauchte sie begeistert. Die Entscheidung fiel mir natürlich leicht – ich brauchte es unbedingt für die Party von Ina!

Als ich mit einer großen, schwarzen Papptüte in der Hand meine Wohnung betrat, war ich richtig zufrieden mit meiner Ausbeute. Nachdem ich mir etwas zum Abendessen gemacht und ein paar Minuten verdaut hatte, zog ich mir meine Sportklamotten an. Für heute hatte ich mir nämlich vorgenommen, ein Pamela Reif Christmas

Dance Workout zu machen. Kelly Clarkson begann aus voller Kehle „Under the Mistletoe" zu singen und ich versuchte, meine Gliedmaßen so zu bewegen wie Pamela und sang aus vollem Halse den Text mit. Selbst der größte Sportmuffel musste einfach Spaß an ihren Christmas Dance Workouts haben! Inzwischen gab es sogar ein Video, in dem ein weihnachtliches Dance Workout für die ganze Familie vorgetanzt wurde. Letztes Jahr hatten meine Familie und ich am 25.12. nach dem Frühstück gemeinsam vor dem Fernseher gestanden und getanzt. Nachdem ich fertig war, hatte ich richtig Lust auf fröhliche Weihnachtsmusik. Ich suchte mir eine passende Playlist raus und verbrachte den restlichen Abend damit, am Handy nach weihnachtlicher Inspiration zu schauen und Weihnachtslieder zu singen.

Heutige Aufgabe:
Mach ein Pamela Reif Christmas Dance Workout deiner Wahl!

Heutiges Lied:
Kelly Clarkson - Under the Mistletoe

08. Dezember

Nicht alles ist immer
glitzernd und föhlich

An manchen Tagen wacht man auf und ist bereit für den Tag. An anderen Tagen wacht man auf und es geht gar nichts. Heute ging bei mir gar nichts. Ich hatte die letzten Tage versucht, meine aufsteigende Traurigkeit zu unterdrücken und merkte jetzt, wie sich das rächte. Immer, wenn der Todestag meiner Großmutter sich jährte, überfiel mich eine Trauer, die mir fast die Luft zum Atmen nahm. So konnte und wollte ich auf keinen Fall arbeiten gehen. Ich brauchte dringend Zeit für mich und meine Emotionen. Meine Chefin reagierte glücklicherweise sehr verständnisvoll, als ich sie anrief und mich mit brüchiger Stimme für heute krank meldete. Als das erledigt war, ging ich zurück ins Bett, zog mir die Decke über den Kopf und versuchte, nochmal einzuschlafen.

Zwei Stunden später wachte ich auf, schlang mir die Bettdecke wie eine Toga um den Körper und stapfte wackelig in die Küche, um mir einen Tee zu kochen. Appetit hatte ich nicht. Mit dem warmen Tee in meiner Lieblingstasse saß ich kurze Zeit später am Wohnzimmertisch und schrieb eifrig in mein Notizbuch, das ich für genau solche Momente benutzte. Für die Momente, in denen die Gedanken zu laut und chaotisch wurden und dringend geordnet und gehört werden wollten. Ich schrieb und schrieb und schrieb mir meine Trauer von der Seele. Nicht nur die Trauer über den Verlust meiner Oma, sondern auch die Trauer über all die Menschen, die ich bereits verloren hatte. Schrieb alles auf, was ich vermisste, Anekdoten, an die ich mich gerne zurück erinnerte, schrieb auf, wie ungerecht ich alles fand, wie traurig ich war und wie hilflos ich mich manchmal fühlte. Auch auf alte Fotos griff ich zurück. Dabei hörte ich „Mary did you know" von Jordan Smith in Dauerschleife, was es nicht gerade besser machte.

Danach war ich zwar erschöpft und das Papier war tränendurchnässt, aber es ging mir deutlich besser. Scheiß auf die Leute, die sagen, man sollte sich halt mal zusammenreißen! Manchmal muss man die Trauer auch einfach rauslassen, zumindest war das meine Erfahrung. In der Adventszeit ging es ja schließlich auch um Besinnlichkeit und Dankbarkeit. Es war absolut in Ordnung, wenn nicht jeder Tag fröhlich, spaßig und glitzernd ablief. Ich überlegte, was meine Oma wohl sagen würde, wenn sie mich so sehen könnte. „Na komm Alex, nun trockne mal die Tränen und sieh nach vorn. Wenn du nach hinten schaust, dann tu das bitte nicht zu lange, sondern freu dich über alles, was du hast und alles, was noch kommen wird. Ich bin bei dir, egal, ob du mich sehen kannst, oder nicht." Ungefähr sowas würde sie sagen, da war ich mir sicher. „So, genug geheult!", sagte ich laut zu mir selber und zuckte beim Klang meiner kratzigen Stimme zusammen. Ich ging ins Badezimmer, blickte in den Spiegel und schaute in ein verweintes, rotes Gesicht mit geschwollenen Augen. Es soll sie ja geben, diese Menschen, die selbst beim Heulen schön aussahen, ich hatte definitiv nicht das Glück, mich zu ihnen zählen zu können. Egal. Ich hatte mir einen Plan in den Kopf gesetzt, den ich direkt in die Tat umsetzen wollte.

Nach einer ausgiebigen Dusche schlüpfte ich in bequeme Klamotten, ignorierte mein verheultes Gesicht und machte mich auf den Weg ins Einkaufscenter. Dort angekommen schnappte ich mir einen Einkaufskorb und stiefelte zielsicher auf das Regal mit den Weihnachtssüßigkeiten zu. Ich warf alles in den Korb, was mich anlachte – Spekulatius, Waffelnüsse, Lebkuchen, Schokolade mit Bratapfelfüllung, Marzipankartoffeln, Zimtsterne – es war, als würde ein sechsjähriges Kind im Schlaraffenland völlig eskalieren. Als das erledigt war und ich bezahlt hatte, betrat ich den nächsten Laden. Dort wollte ich ein paar Bilderrahmen besorgen, um Fotos von meinen Liebsten aufzustellen. Sowohl von den Lebenden als auch von den Toten. Auf meiner Kommode im Wohnzimmer war noch genug Platz dafür. Als ich einige Bilderrahmen ausgewählt hatte und mich gerade an der Kasse anstellte, sah ich aus dem Augenwinkel einen Mann, der mir bekannt vorkam. Ich schaute genauer hin und guckte direkt in die Augen, die mich seit dem Besuch auf dem Weihnachtsmarkt nicht mehr losließen. Das war wohl ein schlechter Scherz! Er lächelte mich kurz an und hob lässig die Hand zum Gruß, bevor er den Laden ohne etwas zu kaufen verließ. Er war so schnell weg, dass ich in keinster Weise reagieren konnte. Meine Hände waren mit jeder Menge Bilderrahmen voll und inzwischen waren die Menschen, die vor mir an der Kasse standen, alle mit dem Bezahlen fertig. „Hallo, geben Sie mir die Bilderrahmen bitte rüber?", holte mich die schneidende Stimme der Kassiererin aus meiner Schockstarre. Ich reichte ihr die Bilderrahmen, bezahlte und machte mich danach auf den Weg nach Hause.

Dort angekommen zündete ich ein paar Kerzen und meine Lichterketten an und machte es mir auf meinem flauschigen Wohnzimmerteppich bequem. Die Fotos, die ich rahmen wollte, hatte ich vorhin schon ausgesucht und legte sie nacheinander vorsichtig in die neu ergatterten Bilderrahmen. Danach stellte ich die Rahmen auf meine Kommode und begutachtete mein Werk zufrieden. Mir strahlten fröhliche Gesichter entgegen, allen voran meine wunderschöne Omi, die herzlich über etwas lachte. Das erste Lächeln des Tages stahl sich auf mein Gesicht. Voller Liebe betrachtete ich all meine Herzensmenschen. Ich hatte das Gefühl, dass mir dieser Tag, so schwer er auch war, neue Energie verliehen hatte. Langsam bekam ich auch echt Hunger und entschied, mir etwas zu Essen zu bestellen. Kurze Zeit später schaufelte ich mir gierig eine Avocado-Inside-Out-Sushi-Rolle nach der nächsten in den Mund und freute mich darauf, endlich in „Hinter verzauberten Fenstern" weiterzulesen, um gemeinsam mit Julia tiefer in das Geheimnis ihres magischen Adventskalenders einzutauchen. Heute morgen war mir nicht danach gewesen, das achte Türchen meines Kalenders zu öffnen, das holte ich jetzt nach – und bekam zur Belohnung ein weißes Herz aus Schnee zu Gesicht. Wenn das mal nicht passte. Zufrieden machte ich mich auf den Weg ins Bett, um es mir mit meinem Buch und den ganzen Weihnachtssüßigkeiten gemütlich zu machen. Nach einer halben Stunde war ich fertig mit den restlichen Seiten des Buches, klappte es zu, putzte mir die Zähne und ging schlafen.

Heutige Aufgabe:
Nimm dir einen Moment Zeit und denk dankbar an die Menschen,
die dir wichtig sind.

Heutiges Lied:
Jordan Smith – Mary did you know

09. Dezember

Die Party kann
steigen!

„Verdammte Scheiße, wieso sieht das nicht so aus wie im Video?“ Ich stand im Badezimmer vor dem Spiegel und versuchte, den Schminkschritten des YouTube-Videos zu folgen, die mich in eine glitzernde Eiskunstläuferin verwandeln sollten. Momentan sah ich eher aus wie ein funkelnder Waschbär. Wieso wirkte das bei anderen immer so einfach? Genervt schnappte ich mir ein Abschminktuch und wischte den gesamten Fehlversuch von meinem Gesicht.

Eine halbe Stunde später war ich mit dem Ergebnis zufrieden. Die Smokey Eyes ließen meine grauen Augen strahlen und ich hatte mir einige Strasssteinchen neben die Augen geklebt, um den Funkellook zu perfektionieren. Meine Haut sah frisch aus – den Pickel an meiner Schläfe hatte ich kurzerhand mit einem Strassstein überklebt – und ich gefiel mir richtig gut. Die blonden Haare hatte ich zu einem niedrigen Dutt gebunden, einige lose Strähnen fielen mir ins Gesicht. Nachdem ich in das Kleid aus dem Kostümladen geschlüpft war, betrachtete ich mich in meinem Flurspiegel. Das Motto „winterliche Funkelei“ hatte ich auf jeden Fall erfüllt. Von diversen Hochzeitsfeiern, bei denen ich eingeladen war, hatte ich noch cremefarbene, leicht schimmernde Pumps, die das Kostüm perfekt abrundeten. So konnte ich mich sehen lassen! Inas Geschenk, eine riesige Schüssel selbstgemachten Kartoffelsalat und meine silberne Clutch hatte ich schon bereitgelegt. Die Party konnte beginnen! Vorher lief ich aber noch schnell zu meinem Adventskalender, öffnete die neunte Tür und schaute auf eine dunkelrote, wunderschöne brennende Kerze. Danach machte ich mich auf den Weg.

Als ich bei Ina angekommen war und klingelte, öffnete mir Elsa aus „Frozen“ die Tür. „Herzlichen Glückwunsch zum Geburtstag“, quietschte ich und fiel meiner besten Freundin um den Hals. „Danke! Komm rein und schnapp dir einen Willkommensdrink“, flötete Ina und schob mich in den Flur. Den Kartoffelsalat stellte ich in die Küche, in der Ina ein zauberhaftes Buffet aufgebaut hatte. Alles war so liebevoll dekoriert und mit kleinen Schildchen versehen, ich konnte mich gar nicht sattsehen. Inas Mann Matti kam mitsamt glitzerndem Zylinder und funkelnder Fliege in die Küche, umarmte mich zur Begrüßung und hielt mir ein Schnapsglas mit einer glitzernden, roten

Flüssigkeit entgegen. „Hier, hab ich selbstgemacht: Himbeerlikör mit Special Effect", verkündete er stolz.

Nach und nach trudelten jede Menge Gäste ein, langsam verlor ich den Überblick, wer alles da war. Inas und Mattis Sohn Mo war über Nacht bei den Großeltern. Inzwischen war auch Leo da, der in einem silbern schimmernden Anzug steckte. In Kombination mit seinen dunklen Haaren und der dunklen Haut sah er wahnsinnig gut aus. Ich nippte an einem zweiten Cocktail – ohne Glitzer – und schaute mich im Wohnzimmer um.

Ein Kostüm war besser, als das andere. Eine Freundin von Ina trug ein weißes Kleid, das über und über mit goldenen Schneeflocken bedruckt war, eine andere hatte ihr grünes Kleid mit bunten Lichterketten umwickelt und sah aus wie ein wandelnder Tannenbaum. Mein Blick schweifte weiter durch den Raum und blieb an einem Mann hängen. Einem Mann, den ich gestern im Einkaufscenter gesehen hatte, als ich verheult meine Bilderrahmen gekauft hatte. „Leo, kennst du den Typen da drüben?", raunte ich meinem besten Freund zu und versuchte, gleichgültig zu klingen. „Nee, keine Ahnung, noch nie gesehen", antwortete er desinteressiert. Matti hatte meine Frage gehört und sagte: „Das ist Samu, ein Kollege von mir. Wir haben uns neulich bei einer Firmenfeier so gut verstanden, dass ich ihn spontan zur Party eingeladen habe." Samu also. Eben dieser hatte bemerkt, dass wir zu ihm rüber schauten und kam mit einem Lächeln im Gesicht langsam zu uns geschlendert. „Na, verfolgst du mich?" fragte er mich schmunzelnd. „Die Frage kann ich nur zurückgeben, es ist, als wärst du mein Schatten", konterte ich und hielt ihm meine Hand hin. „Ich bin Alex. Schön, dich offiziell kennen zu lernen." Er schüttelte meine Hand und stellte sich auch Leo vor. Der schaute etwas verwirrt drein, hätte nur noch gefehlt, dass eine Gedankenblase mit drei Fragezeichen über seinem Kopf erschien. Während wir uns zu viert locker unterhielten, musterte ich Samu verstohlen.

Endlich hatte ich einen Namen zu der Person, die mir seit Tagen nicht mehr aus dem Kopf gehen wollte. Er trug eine dunkelblaue Stoffhose, ein dunkelblaues Hemd und darüber eine funkelnde Paillettenweste.

Dezent, aber trotzdem passend zum Motto. „Als ob ihr eure Kostüme abgesprochen hättet“, bemerkte Leo und grinste mich unschuldig an. „Stimmt! Ich mach mal ein Foto von euch“, mischte sich auf einmal Ina ein, die gerade zu uns rüber gelaufen kam, zückte ihr Handy, schubste mich in Samus Richtung und rief: „Cheese!“ Samu legte locker den Arm um meine Schulter und grinste. Ich versuchte es auch mit einem lockeren Lächeln, war mir aber ziemlich sicher, eher wie ein verschrecktes Reh auszusehen.

Der Abend wurde immer lustiger. In einer Ecke des Wohnzimmers hatte Matti eine winterliche Karaokestation aufgebaut, in der ein Weihnachtslied nach dem anderen lief. Gerade grölte er mit der Freundin von Ina, die das schöne Schneeflockenkleid trug, lautstark „Last Christmas“.

„Last christmas, I gave you my heart,
 but the very next day, you gave it away.
 This year, to save me from tears,
 I'll give it to someone special“

Diese traurigen Zeilen des Liedes trafen mich jedes Mal wieder ins Herz. Auch wenn das Lied bei vielen Menschen ziemlich verhasst war, mochte ich es sehr gerne.

Das Schönste an diesem Abend war, dass ich einiges über Samu erfuhr. Er half seiner Familie jeden Dezember auf dem Weihnachtsmarkt aus, sein Vater betreute die Wilde Maus, seine Großmutter den Schneekugelstand. Er selbst hatte auch einige Ideen für die Schneekugeln beigesteuert, unter anderem hatte er dafür gesorgt, dass Spieluhren integriert wurden. „Mir war wichtig, nicht nur typische Weihnachtslieder zu benutzen, sondern auch Lieder, die mir im Winter wichtig sind. Kennst du „My December“ von Linkin Park?“ fragte er mich gerade. „Genau diese Kugel habe ich bei deiner Oma gekauft“, antwortete ich und lächelte ihn an. „Du siehst auch ein bisschen aus wie die Eiskunstläuferin in der Kugel“, sagte er und schaute dabei an meinem Kleid herunter. Mir wurde warm. Und das lag nicht am steigenden Alkoholpegel. Wir unterhielten uns noch eine Weile, mischten uns aber auch unter die anderen Gäste. Gemeinsam mit Ina sang ich „All I want for christmas is you" von Mariah Carey, machte jede Menge Fotos, aß die Leckereien vom Buffet und genoss den Abend in vollen Zügen.

64

Heutige Aufgabe:
Starte eine winterliche Karaokeaktion oder singe zumindest ein Weihnachtslied deiner Wahl.

Heutige Lieder:
Wham – Last Christmas
Mariah Carey – All I want for Christmas is you

10. Dezember

In der Weihnachts-
bäckerei

rstaunlich fit öffnete ich die Augen, als mein Wecker mich aus dem Schlaf holte. Inas Geburtstagsfeier war so schön gewesen, wir hatten noch bis in die frühen Morgenstunden gefeiert, gesungen, gequatscht, getanzt und gelacht. Für heute hatten wir uns schon vor Wochen verabredet, um gemeinsam mit Mo Plätzchen zu backen. Ich hatte zwar keine Ahnung, wie Ina und Matti es schaffen wollten, nach dem gestrigen Abend die Wohnung wieder so weit in Schuss zu bekommen, dass die nächste Aktion, die Dreck mit sich bringen würde, starten konnte, aber ich hatte versprochen, vorbeizukommen. Nachdem ich mich geduscht und geschminkt hatte, mir gemütliche Klamotten angezogen und all meine Backsachen eingepackt hatte, schnappte ich mir meine Autoschlüssel und machte mich auf den Weg.

Dort angekommen, öffnete mir Mo, der frisch von seinen Großeltern Zuhause angekommen war, aufgeregt die Tür. „Aleeeeex, Mama hat gesagt, ich darf ganz viel Teig naschen", begrüßte mich der Vierjährige und schlang seine kleinen Arme um meinen Bauch. „Hey mein Süßer, das ist ja toll! Ich hoffe, sie erlaubt mir das auch!", sagte ich, während ich meine Arme ebenfalls um ihn schlang. „Leo kann aber doch nicht kommen, der hat eine Katze", teilte mir Mo traurig mit. Ich war vollkommen verwirrt. „Was hat er?" fragte ich. „Einen Kater", rief Matti, der lachend im Türrahmen stand. „Ah! Da hätte ich auch selbst drauf kommen können", lachte ich. In der Wohnung angekommen, staunte ich nicht schlecht, dass die beiden es wirklich geschafft hatten, alles aufzuräumen. Es war nichts mehr davon zu sehen, dass hier gestern eine ausschweifende Party stattgefunden hatte. „Hallo erstmal", rief ich und umarmte erst Ina und dann Matti.

Gemeinsam mit Mo setzten wir uns an den großen, gemütlichen Holztisch in der Küche, auf dem Ina schon jede Menge Backutensilien verteilt hatte. Zwei große Nudelhölzer, Ausstechformen, Mehltüten, Zuckerperlen, Streusel, Backbleche, Backmatten und drei verschiedene Teigsorten lagen bereit. Wir wollten normale Butterplätzchen, Traumstücke und Marmeladenplätzchen backen. Mo hatte schon seinen Finger in der Schüssel mit dem Butterplätzchenteig und steckte sich beherzt einige Stücke in den Mund. Auch Matti war schon fleißig am Naschen. „Wollen wir mit den Ausstechplätzchen starten?" fragte Ina und Mo jubelte fröhlich „Jaaaa". Sie half ihm, den Teig auszurollen, und wir stachen jede Menge Herzen, Sterne, Monde, kleine Tannenbäume, Engel und Rentiere aus. Matti verteilte die fertig ausgestochenen, rohen Plätzchen auf die Backbleche und wurde als Hüter des Ofens eingeteilt. „Oh nein, der Stern hat einen abgebrochenen Zacken, den muss ich wohl essen“, murmelte er und stopfte sich einen 1a ausgestochenen Keks in den Mund. Ich grinste. Aus dem Lautsprecher des Radios schallte laut „In der Weihnachtsbäckerei“ von Rolf Zuckowski und es roch herrlich nach frisch gebackenen Plätzchen.

Die Butterplätzchen stellten wir zum Abkühlen zur Seite und widmeten uns den Traumstücken. Das Rezept hatte ich erst vor einigen Jahren durch Marry Kotter, einer Influencerin auf Instagram, entdeckt und liebte diese Kekse seitdem abgöttisch. Sie schmecken fast, als wären sie noch roh, zergingen förmlich auf der Zunge und waren ein einziges Gedicht. Mo hatte nach einer halben Stunde keine Lust mehr und verkrümelte sich ins Wohnzimmer, um zu spielen. „Immer dasselbe mit diesen Kindern von heute“, schimpfte Ina halbherzig. „Wir waren garantiert auch nicht anders“, sagte Matti liebevoll und drückte Ina einen Kuss auf die Stirn. Die beiden waren einfach zuckersüß. Noch süßer als der Keksteig auf dem Tisch. Ich freute mich für meine Freundin, dass sie schon so lange mit einem tollen Mann wie Matti an ihrer Seite durchs Leben ging, Mo hatte ihr Glück noch vergrößert. Als wir alle Kekse durchgebacken hatten, ging ich ins Wohnzimmer, um Mo zum Verzieren zu holen. Nach der kleinen Küchenauszeit war er wieder Feuer und Flamme. Wir hörten noch einmal „In der Weihnachtsbäckerei“, während wir mit Zuckerguss, Streuseln und Schokolade kleckerten und unseren Keksen den letzten Schliff verliehen.

Als wir mit dem Backen fertig waren, redeten wir über die Party und futterten dabei jede Menge warme Kekse. „Samu hat's dir ganz schön angetan, oder?“, fragte mich Ina geradeheraus. Ich verschluckte mich an meinem Plätzchen, in das ich kurz vorher genüsslich gebissen hatte. „Wie kommst du denn darauf?“, versuchte ich, auszuweichen. „Ach komm, so hast du schon lange niemanden mehr angeguckt“, mischte sich jetzt auch Matti ein. „Wer ist Samu?“ quakte Mo dazwischen. „Ist das dein Freund?“ fragte er mich und guckte mich neugierig an. „Kann ich auch mal mit dem Spielen?“ wollte er wissen. „Nein, Mo, das ist nicht mein Freund. Samu ist ein Freund von deinem Papa“, antwortete ich ihm geduldig. „Na gut. Ihr habt mich ertappt. Ich weiß nicht, was er an sich hat, aber seit ich ihn das erste Mal gesehen habe, geht er mir nicht mehr aus dem Kopf", gestand ich.

Ich erzählte ihnen, wie oft ich Samu in den letzten Tagen zufällig gesehen hatte. „Das ist doch schön! Wird auch mal wieder Zeit, der letzte Kerl ist ja ewig her", flötete Ina und ich starrte sie pikiert an. „Brauchst gar nicht so beleidigt zu gucken, seit Tom hast du ja niemanden mehr an dich rangelassen". Autsch. Jetzt fing sie auch noch mit meinem Exfreund an, der mir ziemlich das Herz gebrochen hatte. „Du hast ja recht. Aber ich musste das mit Tom auch erstmal verdauen" murmelte ich. Tom hatte mich für eine Arbeitskollegin verlassen. Er war zwar immerhin so fair gewesen, mir sofort zu sagen, dass er langsam aber sicher für jemand anderen Gefühle entwickelte, bevor etwas zwischen den beiden gelaufen war, das machte es für mich aber nicht unbedingt einfacher. Inzwischen hatte ich mich damit abgefunden und wusste, dass es nicht an mir lag. Ich mochte mich und mein Leben, wie es war. „Also, wann seht ihr euch wieder?" fragte mich Ina entschlossen. „Keine Ahnung, ich hab seine Nummer nicht und werde ihn auch garantiert nicht stalken", antwortete ich. „Lasst mich mal machen", sagte Matti entschlossen. Na das konnte ja was werden. Ich blies die Backen auf und ließ die Luft pfeifend entweichen. Dabei klang ich fast, wie eine Dampflok, woraufhin mir das heutige Kalenderbild wieder einfiel – eine rauchende Lokomotive. Mit einem fast genauso stark rauchenden Kopf vergrub ich mich in meinen Gedanken.

Heutige Aufgabe:
Backe Kekse oder plane eine Keksbackaktion.

Heutiges Lied:
Rolf Zuckowski – In der Weihnachtsbäckerei

11. Dezember

Eine gemütliche Märchenstunde

Heute stand wieder ein Adventsbesuch bei meiner Familie an. Meine Mutter hatte Klöße, Rotkohl und Ente vorbereitet, für mich gab es statt Ente Linsenbraten. Mia und ich deckten den Tisch, während unsere Eltern die letzten Handgriffe in der Küche erledigten. Auf dem Adventskranz brannten drei Kerzen. Nachdem wir gegessen hatten, sanken wir alle vier mit geöffnetem Hosenknopf auf die Couch. „Papa, kannst du uns was vorlesen, so wie früher?" fragte Mia meinen Vater. Als wir noch Kinder waren, hatte unser Vater uns die wildesten Geschichten vorgelesen, die Stimme verstellt und uns stundenlang zum Lachen und Staunen gebracht. Ich konnte genau sehen, wie geschmeichelt er war, als er sich von der Couch erhob und zum Bücherregal schlenderte, um ein Buch mit Märchen zu holen. Meine Mutter schaltete die Lichterketten an, zündete einige Kerzen an, die im Wohnzimmer verteilt waren, und holte ein paar warme Wolldecken, damit wir es uns so richtig gemütlich machen konnten. Mit seiner beruhigenden, angenehmen Stimme fing mein Vater an, uns Sterntaler vorzulesen.

Er erzählte von dem kleinen Mädchen, dessen Vater und Mutter verstorben waren und das so arm war, dass es nichts außer den Kleidern am Leib und einem Stück Brot besaß. Das Mädchen ging hinaus auf ein Feld, auf dem ihm ein armer Mann begegnete, der nach etwas zu Essen bettelte. Ohne zu zögern gab das Kind dem Mann das Stück Brot. Kurze Zeit später traf es auf ein frierendes Kind, das nach Hilfe verlangte. Und auch hier gab das kleine Mädchen ohne mit der Wimper zu zucken eins ihrer Kleidungsstücke heraus. Selbst, als es darum ging, buchstäblich das letzte Hemd abzugeben, vertraute das Mädchen darauf, dass gute Taten belohnt würden – und hatte recht damit. Vom Himmel regneten die Sterne hinunter und wurden zu goldenen Talern, an ihrem Körper erschien ein goldenes Kleid aus feinstem Leinen und sie war für den Rest ihres Lebens reich und fromm.

Ich hatte jedes Wort so sehr genossen und mich in meine Kindheit zurückversetzt gefühlt. Außerdem dachte ich beim Zuhören die ganze Zeit an die goldene Sternschnuppe, die mich heute morgen aus meinem Adventskalender angestrahlt hatte. Wir bettelten unseren Vater an, uns noch ein weiteres Märchen vorzulesen. Er tat uns den Gefallen und wir verbrachten den Nachmittag und den frühen

Abend damit, uns abwechselnd Märchen vorzulesen, bis es an der Zeit war, nach Hause zu gehen. Auf dem Weg nach Hause hörte ich „Christmas Tree Farm" von Taylor Swift und freute mich auf mein Bett. Ich wünschte mir, dass solch gute Taten wie die des Mädchens aus Sterntaler wirklich so reich belohnt werden würden. Und ich war der festen Überzeugung, dass sich selbstloses Handeln irgendwann immer auszahlen würde.

Heutige Aufgabe:
Lass dir ein Märchen vorlesen oder lies dir selbst eins vor.

Heutiges Lied:
Taylor Swift – Christmas Tree Farm

12. Dezember

Der Geschenke-
wahnsinn geht
weiter

Mein heutiges Adventskalenderbild zeigte ein gelbes Geschenk mit einer roten Schleife. Das erinnerte mich daran, dass ich noch einige Präsente besorgen wollte. Eigentlich hatte ich mir dieses Jahr fest vorgenommen, alle Geschenke bis Ende November besorgt zu haben, aber was soll ich sagen: war wohl nix. Zumindest gab es schon eine Liste mit allem, was ich noch verschenken wollte. Mo würde ich ein Set schenken, mit dem er selbst Schleim herstellen konnte, für Mia hatte ich ein Armband im Sinn, in dem ich meinen Anfangsbuchstaben eingravieren wollte. Ich selbst würde mir das gleiche Armband besorgen und ihren Anfangsbuchstaben eingravieren, damit wir uns immer beieinandertrugen, egal, wo wir waren. Ansonsten hatte ich mir noch einige Kleinigkeiten aufgeschrieben, die ich kaufen wollte. Erst einmal musste ich allerdings den langen Arbeitstag überstehen.

Als ich nach der Arbeit ziemlich gestresst im Einkaufscenter ankam, fragte ich mich, wieso ich es nie auf die Reihe kriegte, entspannt auf Geschenkejagd zu gehen. Aus den Lautsprechern des Centers säuselte Celine Dion laut ihren Song „Happy Xmas", was mich sofort entspannen ließ. Das Gebäude war voll mit Menschen, die ihre Weihnachtseinkäufe erledigen wollten. Die meisten wirken dabei total gehetzt und gestresst, was mich nachdenklich werden ließ. Wieso machte man sich eigentlich so einen Stress? Einige Freunde von mir gaben für Geschenke über tausend Euro aus, um die Präsente aus dem Jahr zuvor zu übertrumpfen. Als ich noch mit Tom zusammen war, hatte eine Freundin von mir mich ganz entgeistert angeschaut, als ich meinte, dass wir uns gegenseitig einen Kinobesuch mit Popcorn und allem drum und dran schenken wollten. „Wie, das ist alles?", fragte sie und ihr Blick wurde mitleidig. Ich weiß noch, dass ich damals für einen Augenblick verunsichert war, mich dann aber wieder fing.

Ich atmete tief durch und besann mich darauf, dass es nicht auf die Geschenke ankam, sondern darauf, eine schöne Zeit mit den Liebsten zu verbringen. Es ging nicht um den Preis, der für eine Aufmerksamkeit gezahlt wurde, sondern um die Geste an sich. Wir hatten uns in der Familie darauf geeinigt, zu wichteln, sodass jeder theoretisch nur ein Geschenk für 20 Euro besorgen musste. Meinen Eltern und meiner Schwester schenkte ich zusätzlich allerdings trotzdem gerne etwas. Und Mo sowieso, weil ich es einfach so niedlich fand, wie sehr er sich über Geschenke freute. Beim Juwelier angekommen, suchte ich mir zwei filigrane, silberne Armbänder aus, die ich für Mia und mich gravieren ließ. Auch das Schleimset für Mo fand ich im Spielzeugladen auf Anhieb.

Nach einem spontanen Abstecher im Bastelladen verließ ich das Einkaufscenter und sah einen Jungen, der mit seiner Blockflöte in den kleinen Händen ziemlich schief ein paar Weihnachtslieder spielte. Zugegeben, es klang schrecklich, aber mich rührte es, dass er in der Kälte stand, um Geld zu verdienen. Das musste man sich ja schließlich auch erstmal trauen! Ich griff in meine Tasche, zog mein Portemonnaie raus und griff mir einen zehn Euro Schein, den ich in die Mütze legte, die vor ihm auf dem Boden lag. Er konnte sein Glück nicht fassen und hörte sofort auf, zu flöten. „Danke! Das ist soooo lieb, danke danke!" stammelte er fröhlich und steckte den Schein direkt in seine Jackentasche. „Gerne. Kauf dir was Schönes davon", erwiderte ich lächelnd und machte mich auf den Weg nach Hause.

Nachdem ich meine Einkäufe verstaut hatte, warf ich einen Blick auf die Uhr. Kurz nach 6. Ich überlegte, ob es schon zu spät war, um bei Elli und ihren Eltern zu klingeln. Im Bastelladen kam mir nämlich die Idee, zusammen mit Elli etwas zu basteln. Mit Hausschuhen an den Füßen ging ich in den Hausflur, stieg die Treppe hoch und klopfte leise an die Tür. Ich hörte Schritte und einen Augenblick später öffnete mir Ellis Mutter mit einem der Zwillingsbabys auf dem Arm die Tür. „Hi Alex, schön dich zu sehen, was ist los?", begrüßte sie mich lächelnd. „Hi, ist Elli noch wach?", kam ich direkt zur Sache. „Klar. Elli, komm mal, Alex ist hier", rief sie in den Flur. Ellis Zimmertür flog auf und sie flitzte mir entgegen. „Hi Alex, findest du deinen Schlüssel wieder nicht?", fragte sie und grinste mich frech an. „Doch, aber ich wollte dich fragen, ob du morgen Lust hast, mit mir zu basteln? Ich habe ein paar Ideen und brauche dringend deine Hilfe, um sie umzusetzen", antwortete ich und schaute gespannt zu Elli und ihrer Mutter. „Oh ja, darf ich, Mama?" jubelte Elli begeistert und hüpfte aufgeregt von einem Bein auf das andere. „Natürlich. Wann denn?", sagte Ellis Mutter dankbar und schaute mich fragend an. „Ich mache morgen Home Office und fange ganz früh an, deswegen kann

ich schon zeitig Feierabend machen. Würde das passen?", bot ich an.
Wir einigten uns darauf, dass Elli um 15 Uhr zu mir runterkommen
könnte, wünschten uns gegenseitig noch einen schönen Abend und
kurze Zeit später saß ich eingekuschelt auf der Couch und schaute
„Tatsächlich Liebe". Ich freute mich schon sehr auf Morgen.

Heutige Aufgabe:
Mach dir einen Geschenkeplan, damit du ohne Stress durch die Vor-
weihnachtszeit kommst.

Heutiges Lied:
Celine Dion - Happy Xmas

13. Dezember

Streu Glitzer drauf,
dann wird's schöner

In aller Herrgottsfrühe startete ich meinen Laptop und begann zu arbeiten. Mein Mailpostfach quoll über, ich stöhnte auf und beschloss, mir erst einmal einen Kaffee zu kochen. Mit der warmen Tasse in der Hand und dicken Socken an den Füßen schlurfte ich zu meinem Adventskalender und öffnete das dreizehnte Türchen. Ein freundlich dreinschauendes Schaukelpferd mit wilder Mähne und goldenen Hufeisen blickte mir entgegen. Ich lächelte, trank einen großen Schluck Kaffee und setzte mich zurück an den Wohnzimmertisch, um konzentriert zu arbeiten.

Gegen 14:30 Uhr klappte ich den Laptop wieder zu, räumte den Tisch leer und begann, alle meine Bastelutensilien auszubreiten. Ich hatte allerlei Motivscheren, bunte Pappe und Papier in Hülle und Fülle, diverse Glitzerklebestifte, Filzer in allen erdenklichen Farben, weihnachtliche Sticker, Washitape, Geschenkband und Wackelaugen besorgt, außerdem leere, weiße Papiertüten, die ich gemeinsam mit Elli verschönern wollte. Gerade als ich zwei Tassen Kakao ins Wohnzimmer trug, klingelte es an der Tür. Ich stellte die Tassen ab und öffnete. „Halloooo, ich habe noch ein paar Freunde mitgebracht“, hörte ich Ellis glockenhelle Stimme. Neben sich hatte sie eine Tüte voller Stofftiere gestellt, die gespannt mit ihren Knopfaugen in meine Wohnung starrten. Ich musste lachen. „Na dann hereinspaziert, schön, euch kennenzulernen!“ begrüßte ich Elli und ihre Kuscheltiere. Sie hatte ihre Hausschuhe schon an und stapfte so selbstbewusst in meine Wohnung, als würde sie hier wohnen. Die Tüte schleifte sie hinter sich her.

Zielsicher steuerte sie das Wohnzimmer an, schaute sich um, gab Kommentare wie „schön eingerichtet“, „man bist du ordentlich“ und „ich liebe diese Wandfarbe“ von sich, als wäre sie eine kleine Version von Tine Wittler. Danach begann sie, ihre Kuscheltiere auf meine Couch zu setzen – dabei hatte sie eine genaue Sitzordnung vorgesehen. Ganz links saß die Giraffe, die mit ihrem langen Hals alle anderen Tiere überragte. Daneben saßen ein ausgewaschener Teddybär, ein dickes Nilpferd, eine kuschelige Ente, eine Schildkröte und ein blauer Elefant. Als ihre Freunde es sich auf der Couch bequem gemacht hatten, setzten wir uns an den Tisch und ich erzählte ihr von meinen Plänen. „Ich dachte, es wäre schön, wenn wir ein paar Geschenktüten selber machen, hast du Lust darauf?" fragte ich sie. „Natürlich! Darf ich ganz viel Glitzer benutzen?", fragte sie mich mit einem wilden Funkeln in den Augen. „Du darfst machen, was du möchtest!", erlaubte ich es und fragte mich, ob ich das noch bereuen würde.

Ich staunte immer wieder darüber, wie viel so junge Kinder schon konnten. Elli schnitt routiniert fast runde Kreise aus der roten Pappe aus, um eine Rudolph-Tüte zu basteln, klebte die großen Wackelaugen fest, nur bei dem Geweih half ich ihr ein bisschen. Mit einem dicken schwarzen Filzstift malte sie einen freundlichen Mund auf, wobei sie konzentriert ihre Zungenspitze zwischen die Lippen steckte. Sie kippte ordentlich Glitzer auf die Tüte, nachdem sie großzügig Klebstoff auf einigen Stellen verteilt hatte. Ich war mir ziemlich sicher, dass ich die nächsten Jahre immer wieder Glitzer in meiner Wohnung finden würde, aber das war mir egal. Es war so schön zu sehen, wie viel Spaß Elli hatte. Sie bastelte noch einige Tüten, unter anderem eine Tüte, die sie mit einem großen, bunten Weihnachtsbaum aus grüner Pappe beklebte. Ich selbst hatte auch Freude daran, die Geschenktüten zu verzieren, Namensschildchen zu basteln und Elli dabei zu lauschen, wie sie ihren Kuscheltieren genau erklärte, was sie machte. Sie würde eine wahnsinnig tolle große Schwester für die Zwillinge werden. Während ich Elli dabei half, einen Pinguinkörper aus schwarzer Pappe auszuschneiden, sang Jessie J melodisch „Man with the bag" aus meiner Bluetoothbox. Wir futterten jede Menge Kekse, Spekulatius, Schokolade und tranken einen Kakao nach dem anderen.

Nach über drei Stunden schaute ich erschrocken auf die Uhr. Ich hatte versprochen, Elli spätestens um 18 Uhr nach Hause zu schicken. Zum Glück war sie gerade dabei, die letzte Tüte zu bekleben. Einige Minuten später sammelte sie all ihre Stofftiere ein, setzte sie vorsichtig in die Tüte und ich versprach ihr, die Geschenktüten für sie aufzubewahren, bis sie getrocknet waren. Ich brachte sie nach oben, entschuldigte mich bei ihrem Vater für die Verspätung, aber er winkte nur lächelnd ab. „Macht doch nichts. Hauptsache, ihr hattet eine schöne Zeit." Er gab seiner Tochter einen Kuss auf den Scheitel, wir verabschiedeten uns und ich ging zurück in meine Wohnung, die mir ziemlich leer vorkam, jetzt, wo Elli weg war. Ich räumte auf, versuchte, den Großteil des Glitzers mit dem Staubsauger einzusaugen, scheiterte dabei kläglich und fand mich damit ab, ab sofort in einer Glitzerhöhle zu leben. Gab schließlich Schlimmeres.

Als ich auf mein Handy schaute, hatte ich eine Nachricht von Ina in unserer Whatsappgruppe mit Leo. „Habt ihr Freitag schon was vor?". Ich checkte meinen Kalender und tippte ein „Nein, was wollen wir machen?". Mein Handy war jetzt auch voller Glitzer. Nach ein paar Minuten kam Inas Antwort. „Filmabend bei mir? Wie wäre es mit Weihnachtsfilmen?" Ich freute mich und sagte zu. Auch Leo antwortete kurz darauf mit einem „Bin dabei" und ich legte mein Handy wieder weg.

Bisher lief der Dezember richtig gut und ich war zufrieden, dass alles, was ich mir an vorweihnachtlichen Dingen vorgenommen hatte, gut gelaufen war. Meine Gedanken schweiften auch zu Samu. Ina hatte recht, ich hatte mich schon wirklich lange nicht mehr für einen Typen interessiert. Inzwischen war ich desillusioniert genug, nicht davon auszugehen, dass wir uns beim nächsten Mal, wenn wir uns sahen, sofort knutschend in die Arme fielen. Egal, wohin das mit Samu und mir führen würde, ich fand es einfach schön, wieder ein kribbeliges Gefühl zu bekommen, wenn ich jemanden sah.

Heutige Aufgabe:
Bastel etwas weihnachtliches deiner Wahl!

Heutiges Lied:
Jessie J – Man with the bag

14. Dezember

Lebkuchenhäuser
und Weihnachtliche
Bücher

„Gibst du mir mal bitte noch mehr Zuckerguss?" bat ich meine Schwester und hielt dabei konzentriert zwei große Lebkuchenplatten aneinander. Zusammen mit Mia saß ich an ihrem Wohnzimmertisch, vor uns hatten wir ein ziemliches Chaos veranstaltet. Mehrere große, wohlduftende Lebkuchenplatten mischten sich mit Spritztüllen voller Zuckerguss, kleinen Dosen mit Streuseln in jeder Farbe und Form, Gummibärchen, feingliedrigen Zuckerfiguren, Smarties und verschiedenen Lebensmittelfarben. Wir hatten uns in den Kopf gesetzt, das schönste Lebkuchenhaus aller Zeiten zu bauen. Als Vorlage diente uns ein riesiger Lebkuchenmann, den Mia im Internet gekauft hatte. Er war über und über mit glitzernden Verzierungen bedeckt und sah einfach zum Anbeißen aus. Blöd nur, dass er aus Holz und nicht aus Lebkuchen bestand und ihren Kaminsims zierte. Schon als Kinder hatten wir es geliebt, stundenlang zu verzieren, bis jeder Millimeter des Lebkuchenhauses mit Streuseln, Zuckerguss und anderen Leckereien bedeckt war. Heute morgen hatten mich köstlich aussehende Plätzchen aus meinem Adventskalendertürchen angelächelt, seitdem hatte ich noch viel mehr Lust, das Lebkuchenhaus zu verzieren.

Nachdem alle Bauteile des Hauses aneinander geklebt waren und keine Wände mehr einstürzten – wir hatten einige fluchende Versuche hinter uns – konnten wir endlich damit anfangen, das Dach mit Zuckerguss zu verzieren. Wir malten zarte Dachziegel, verteilten gleichmäßig goldene und silberne Zuckerperlen auf den Schindeln und rundeten das Dach mit herunterhängenden Eiszapfen ab. „Meinst du, dass es Weihnachten endlich mal wieder schneit?" fragte Mia mich, während sie mit geübten Handgriffen eine verschnörkelte Klinke an die Lebkuchentür malte. „Sieht wohl eher schlecht aus..." antwortete ich. „Schade. Ich hätte richtig Lust, mal wieder Schlittenfahren zu gehen", sagte Mia traurig. „Ich auch. Aber noch sind es ja 10 Tage, vielleicht haben wir ja Glück", sagte ich und glaubte selber nicht dran. Aktuell waren es 12 Grad, da war Schnee wirklich meilenweit entfernt.

„Ariana Grande hat das perfekte Lied für uns", fiel mir ein und ich startete „Winter Things", in dem die Künstlerin darüber sang, dass sie trotz warmer Temperaturen winterliche Dinge mit ihrem Baby unternehmen wollte. „Hey-oh, I wanna pretend we're at the North Pole Turning the heat into an ice cold holiday." sang ich laut mit und Mia versuchte, mit zu schaukeln, rutschte dabei mit der Zuckerguss-tüte ab und ein riesiger weißer Flatschen landete auf dem Dach des Lebkuchenhauses. „Scheiße!", rief sie wütend und versuchte hektisch, das klebrige Zeug vom Dach zu kratzen. „Lass das, ich hab ne bessere Idee", sagte ich. Ich schnappte mir eine kleine Weihnachtsmannfigur aus Zucker, brach sie in der Hälfte durch und steckte den unteren Teil des Weihnachtsmannes mit den Füßen nach oben in den Zuckerguss-klecks. Jetzt sah es aus, als ob der Weihnachtsmann kopfüber im Dach steckte. Mia lachte, sah aber weiterhin ziemlich angepisst aus. Sie war sehr perfektionistisch und hatte eine genaue Vorstellung davon ge-habt, wie das Haus am Ende aussehen sollte.

Eine halbe Stunde später waren wir fertig. Zufrieden betrachtete ich unser Häuschen. Bis auf den Klecks auf dem Dach war alles genau so dekoriert, wie wir es geplant hatten. Ich hatte essbaren Glitzerstaub gekauft, der dem Haus einen ganz besonderen Schliff verlieh. „Das stellen wir jetzt auf meinen Wohnzimmertisch und dann wird es sein wie jedes Jahr: Der Lebkuchen wird hart und keine Sau will das Haus essen", scherzte Mia. Was soll ich sagen, sie sagte leider die Wahrheit. Meistens schmissen wir den größten Teil des Lebkuchenhauses weg, weil wir ansonsten vermutlich den ein oder anderen Zahn einbüßen würden. Dieses Jahr hatte ich allerdings schon eine Idee, wie wir das Haus verwerten konnten.

Mia und ich kuschelten uns auf ihre Couch, auf deren Armlehne ein riesiger Bücherstapel lag. „Was liest du denn da alles?" fragte ich meine Schwester. „Ach, ich war gestern im Buchladen und konnte mich nicht entscheiden, welches Buch ich haben möchte. Hab dann ein-fach alle gekauft", sagte sie schmunzelnd. Ich denke, das verstehen wir alle, oder? Ich schaute den Stapel durch.

Einige hatte ich schon gelesen, andere standen auf meiner Wunsch-liste. „Darf ich mir „So kalt wie Eis, so klar wie Glas" leihen? Das wollte ich schon lange lesen", fragte ich Mia und rechnete mit einem empörten „NEIN" – schließlich hatte sie die Bücher erst neu gekauft.

„Klar, nimms gerne mit, du liest ja schnell“, antwortete Mia zu meiner
großen Überraschung. In der Geschichte spielten Schneekugeln eine
große Rolle und ich hatte schon sehr viel Gutes darüber gehört.

Als ich später in meinem Bett lag, klappte ich das Buch von Mia auf
und begann zu lesen. Sofort zog mich Coras Geschichte in den Bann.
Eine unzerbrechliche Schneekugel und ein geheimnisvoller Fremder
stellten sie vor ziemlich viele Rätsel und ich versank richtig in der Sto-
ry. Das nächste Mal, als ich auf die Uhr schaute, war es ein Uhr morgens.„Wie kann das denn sein, ich habe doch gerade erst angefangen?!“
dachte ich und versprach mir selbst, nur noch ein Kapitel zu lesen.
Und dann noch eins. Und noch eins. Und noch eins. Bis ich das Buch
beendet hatte und es zuklappte. Drei Uhr morgens. Na das konnte ja
was werden. Bereute ich es, nicht früher mit dem Lesen aufgehört zu
haben? Nicht ein Stück.

Heutige Aufgabe:
Bau ein Lebkuchenhaus – selbst wenn es nur in deinem Kopf ist.

Heutiges Lied:
Ariana Grande – Winter Things

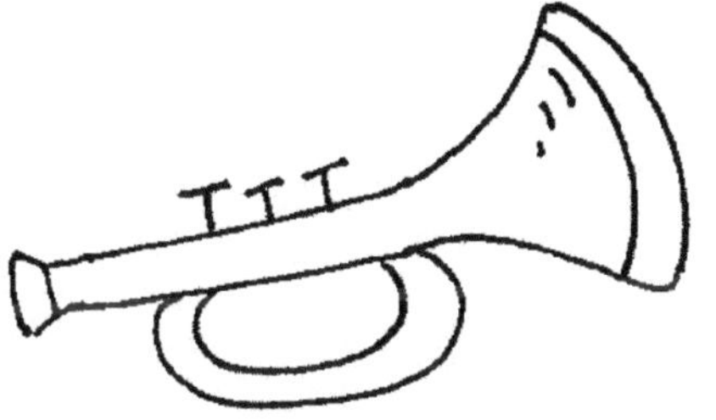

15. Dezember

Ein bisschen Bibi
und ein bisschen
Benjamin

E in Ton wie aus der Hölle riss mich unsanft aus dem Schlaf. „Scheiße, was ist das denn?", murmelte ich genervt und starrte auf mein Handy, das diesen grauenhaften Ton von sich gab. Mein Wecker. Es war halb sieben. Ich hatte nicht mal drei Stunden geschlafen, Coras Geschichte hatte mich nicht sofort einschlafen lassen, sondern ich hatte viel darüber nachgedacht, wie es wohl wäre, an ihrer Stelle zu sein. Sie hatte den geheimnisvollen Fremden besser kennengelernt, Rätsel und Geheimnisse gelöst und eine ziemlich coole Geschichte erlebt. Ich dagegen lag vollkommen gerädert im Bett, meine Haare standen wirr vom Kopf ab und ich musste meine volle Willenskraft aufwenden, um überhaupt aufzustehen. Den Blick in den Spiegel sparte ich mir, schlüpfte aus meinem Pyjama und stellte mich kraftlos unter die Dusche.

Das warme Wasser gab mir zumindest ein bisschen Energie. Bei der Arbeit angekommen stellte ich meine Tasche neben mich, startete meinen Laptop und begrüßte nach und nach meine Kollegen. „Alex, wie siehst du denn aus, bist du krank?", fragte mich meine Chefin erschrocken. „Nö, bin einfach nur ungeschminkt", entgegnete ich trocken. Sie grinste ein wenig, schien mir aber nicht wirklich zu glauben. Zwei Stunden später kam sie wieder an meinen Tisch. „Alex, das gefällt mir nicht. Geh doch bitte nach Hause und ruh dich aus, so kann ich dich doch nicht arbeiten lassen", bot sie mir an und das ließ ich mir nicht zweimal sagen. Ich war wirklich sehr, sehr müde und versuchte, nicht beleidigt darüber zu sein, dass sie mich nach Hause schickte, weil ich ungeschminkt aussah wie eine Leiche. Das konnte ich echt keinem erzählen – von der Chefin aufgefordert zu gehen, weil ich die halbe Nacht durchgemacht hatte, um zu lesen.

Zuhause mummelte ich mich in meinen flauschigen Jogginganzug, zog mir dicke Wollsocken an und schlürfte eine Tasse heißen Tee. Aus meiner Bluetoothbox sangen Dolly Parton und Michael Buble „I want to cuddle up and cozy down with you. Wrap myself around you. Do what lovers do", und meine Gedanken glitten sofort zu Samu. Ich hätte nichts dagegen, mit ihm zu kuscheln. Im Gegenteil. Ich wünschte mir gerade nichts sehnlicher, als jemanden neben mir auf der Couch zu haben, an den ich mich schmiegen könnte. „Hast du halt nicht, hör auf zu jammern", schalt ich mich selber und lenkte mich damit ab, das fünfzehnte Kalendertürchen zu öffnen. Das hatte ich heute morgen wirklich nicht mehr auf die Reihe gekriegt. Eine glänzende, goldene Trompete mit roter Schleife verbarg sich hinter der Tür. Sofort dachte ich an Pippi Langstrumpf. Um den Kindern aus dem Dorf eine Freude zu machen, hatte sie jede Menge Geschenke in den Baum vor ihrem Haus gehängt. Als Dankeschön legten alle Kinder zusammen und schenkten ihr eine Trompete. Ich liebte diesen Film und nahm mir vor, ihn am Wochenende zu gucken.

Für mich gehörten nicht nur Weihnachtsfilme zur Vorweihnachtszeit dazu, sondern auch die Weihnachtsfolgen meiner liebsten Hörspielhelden. Von Benjamin Blümchen gab es gleich mehrere: Der Weihnachtstraum war meine liebste. Benjamin und Otto träumen, dass sie ihre Weihnachtswunschzettel noch beim Weihnachtsmann abgeben müssen und fahren daraufhin mit einer Rolltreppe rauf in den Himmel. Was sie dann erleben, ist einfach nur magisch. Aber auch Bibi Blocksbergs Reise zu den Weihnachtsmännern verfolgte ich jedes Mal wieder gespannt. Ich legte mich ins Bett, suchte mir bei Spotify alle Folgen raus, die ich in den nächsten Tagen gerne hören wollte und startete mit: „Bibi und Tina und das Weihnachtsfest". Während eins der Pferde Frau Martins Geschenk für Bibi, ein Marzipanherz, mümmelte, fielen mir die Augen zu und ich schlief ein.

Eine knappe Stunde später wachte ich wieder auf und fühlte mich das erste Mal heute wirklich wach. Das nutzte ich, um mir einen Überblick über die Weihnachtsgeschenke zu machen, die ich schon besorgt hatte. Mein Vater bekam ein Kissen für die Badewanne, meine Mutter einen Gutschein für eine Massage. Für Mia hatte ich das Armband mit Gravur, mein Wichtelgeschenk für das Familienwichteln hatte ich auch besorgt: weiche, warme Stulpen vom Weihnachtsmarkt für meine Tante. Fehlten nur noch Kleinigkeiten für Ina und Leo, außerdem wollte ich Elli noch eine Freude machen. Ihre Mutter hatte mir auch schon einen Tipp gegeben: in ihrer Kuscheltiersammlung fehlte noch ein Erdmännchen – und seit sie König der Löwen gesehen hatte, wollte sie ihren eigenen Timon haben. Ich schrieb mir alles, was ich noch besorgen wollte, auf und nahm mir vor, Montag alles zu besorgen, um nicht in Panik zu geraten. Morgen war mein letzter Arbeitstag für dieses Jahr und ich fand, dass ich meinen Plan, die Vorweihnachtszeit zu zelebrieren, bisher ziemlich gut umsetzte.

Ich schrieb noch ein bisschen mit Ina und Leo hin und her, um für den Filmabend morgen alles abzuklären. Wir teilten auf, wer welches Essen mitbringen würde, welche Filme wir auf jeden Fall gucken wollten und Ina fragte, ob es für uns in Ordnung wäre, wenn Matti mit dabei wäre. Natürlich hatten wir nichts dagegen und ich freute mich schon richtig auf den gemütlichen Abend mit meinen Freunden.

Heutige Aufgabe:
Kennst du weihnachtliche Hörspiele oder Hörbücher? Such dir eins deiner Wahl heraus und hör es dir an.

Heutiges Lied:
Dolly Parton Michael Buble – Cuddle Up Cozy Down

16. Dezember

Ugly Christmas
Sweater und eine
schöne Überraschung

Ich startete meinen Tag mit Sam Smiths gefühlvoller Stimme, die „Have yourself a merry little christmas" sang. In meinen kühnsten Träumen bildete ich mir ein, dass ich so hoch singen konnte, wie er – ich schätze, meine Nachbarn sahen das etwas anders. Mein letzter Arbeitstag verging wie im Flug. Als ich Feierabend hatte, verabschiedete ich mich allerdings nur kurz von meiner Chefin und meinen anderen Kollegen – Montagabend würde ich sie trotz meines Urlaubs sehen, weil unsere Weihnachtsfeier anstand.

Bei WhatsApp hatten Ina und Leo eine Diskussion gestartet, wer heute wohl den hässlichsten Weihnachtspulli tragen würde. Wir machten uns jedes Jahr einen Spaß daraus, uns gegenseitig zu übertrumpfen. Ich war mir ziemlich sicher, diesmal den mit Abstand besten Pulli ergattert zu haben: er war dunkelblau und hatte rote Ränder am Kragen und an den Ärmeln. Auf Höhe des Bauches prangte ein Haus, auf dem ein Weihnachtsmann stand, der in die Luft pinkelte. Sein Urin war in Form einer Lichterkette dargestellt, die sich um das Haus wand, der Pullover war ansonsten über und über mit goldenen Sternen und weißen Schneeflocken übersät, die Sonnenbrillen trugen und frech grinsten. Wenn das mal nicht ein echter Anwärter auf den Titel war! Als hätte mein Adventskalender etwas geahnt, war heute ein Kind mit weihnachtlichen Anziehsachen abgebildet, unter anderem mit einem süßen rotweißgeringelten Pullover.

Ich sammelte die Weihnachtssüßigkeiten zusammen, die von meiner eskalativen Einkaufstour noch übrig waren, dieselte mich mit Deo ein – der Pullover hatte den Nachteil, dass man darin schwitzte, wie ein Schwein und dementsprechend roch – und machte mich auf den Weg zu Ina. Dort angekommen, begrüßten mich Ina, Mo, Matti und Leo. Alle vier trugen Ugly Christmas Sweater – und einer war besser als der andere. Von Mattis Oberkörper schielte mir ein „Tyranno Saufus Rex" entgegen, der von mehreren Biergläsern umgeben war und eine Weihnachtsmütze trug. Auf Mos kleinem Pulli war ein unförmiges Lama mit jeder Menge Lichterketten abgebildet, Inas Brust zierte eine riesige, echte Wollsocke, in die sie eine Flasche Wein gesteckt hatte. Das konnte ja wohl nicht wahr sein! Leo hatte den Vogel abgeschossen: sein Weihnachtspulli bestand aus einem Elfenkörper,

in dessen Kopf ein Spiegel eingelassen war. „Der hässliche Teil kommt
also dann dazu, wenn ihr reinguckt", verkündete er stolz und ich fing
schnaubend an zu lachen. Als ich gerade dabei war, die Süßigkeiten
aus meinem Beutel auf dem Couchtisch zu verteilen, klingelte es an
der Tür. „Habt ihr noch jemanden eingeladen?", fragte ich Ina. Sie
grinste nur und murmelte: „Wart's mal ab".

Matti ging zur Tür und kurze Zeit später hörte ich eine Stimme im
Flur, die mir bekannt vorkam. Mit einem verschmitzten Grinsen
kam Matti mit Samu im Schlepptau ins Wohnzimmer. „Ich hab noch
jemanden mitgebracht", verkündete er und schielte dabei vor allem
in meine Richtung. „Hi Leute", sagte Samu und winkte warm in die
Runde. Ich starrte seinen Pullover an und ein Lachen platzte aus mir
heraus. „Go Jesus, it's your Birthday", stand in krakeligen Buchstaben
auf seiner Brust, darunter war eine grässliche Jesusfigur abgebildet,
die einen roten Luftballon in der Hand hielt. „Ich liebe diesen Pulli",
sagte ich und auch die anderen amüsierten sich köstlich über das
extravagante Teil.

Nachdem wir unsere Pullover ausgiebig bewundert hatten, fingen
wir an, darüber zu fachsimpeln, welchen Film wir als erstes sehen
wollten. „Am besten was, was Mo auch gucken kann, solange er noch
wach ist", räumte Matti ein und wir einigten uns auf den Grinch.
Matti hatte geschickt dafür gesorgt, dass Samu und ich nebeneinander saßen. Ich saß so eng neben ihm, dass ich sein Parfüm riechen
konnte. Während wir alle eingekuschelt auf der Couch entspannten,
uns Zimtsterne, Marzipankartoffeln und andere Leckereien in den
Mund stopften, schauten wir Jim Carrey dabei zu, wie er als Grinch
dafür sorgen wollte, das Weihnachtsfest zu sabotieren. Aus heiterem
Himmel fragte Mo, der halb auf Leo lag, mit seiner piepsigen Kinder-
stimme: „Und du bist der Freund von Alex, ja?". Ich erstarrte und
merkte, wie auch Samu seinen Körper anspannte. „Nein Mo, wie
kommst du denn darauf? Wir kennen uns fast gar nicht", versuchte
ich, Mos Frage abzumildern, ohne unfreundlich zu werden. „Achso,
magst du Alex nicht?" fragte Mo nun verwirrt weiter und richtete
sich direkt an Samu. Dieser schmunzelte. „Natürlich mag ich Alex.
Wir haben uns beim Geburtstag von deiner Mama kennengelernt und

ich bin froh, dass ich heute mit euch zusammen die Filme schauen kann." Mo schien besänftigt, rollte sich noch weiter auf Leos Beinen zusammen und taxierte wieder den Fernseher.

Für ihn war das Thema erledigt, aber mein Herz musste sich erstmal wieder beruhigen. Ich drehte leicht meinen Kopf, um Samus Profil zu betrachten. Er merkte das natürlich und schaute mich direkt an. Unsere Gesichter waren so nah beieinander, dass ich das Gefühl hatte, gleich in seinen Augen zu versinken. Diese wunderschönen, bernsteinfarbenen Augen, die mich anstrahlten. „Geh mal runter, Knirps, ich muss pinkeln", zerstörte Leo den Moment, strampelte sich aus der weichen Couchdecke und sorgte dafür, dass Samu und ich ein Stück voneinander abrückten. Danke für nichts!

Als der Abspann des Films lief, war Mo eingeschlafen und Matti trug ihn vorsichtig in sein Zimmer. Ina verschwand im Badezimmer und Leo ging unter dem Vorwand in die Küche, neue Getränke für uns alle zu besorgen. Blieben also noch Samu und ich, die auf der Couch saßen. „Musst du heut gar nicht auf dem Weihnachtsmarkt aushelfen?" fragte ich und hielt mich dabei für wahnsinnig geistreich. „Mein Cousin springt heut für mich ein, Matti hat mich gefragt, ob ich Lust auf nen Filmabend hätte und da konnte ich nicht nein sagen", antwortete er und ich dachte an Mattis Worte beim letzten Treffen: „Lass mich nur machen" hatte er gesagt und er hatte sein Versprechen gehalten.

Als die anderen wieder im Zimmer waren, entschieden wir uns, als nächstes Kevin allein Zuhaus zu gucken. Dabei quatschten wir ungezwungen, jeder gab ein paar Anekdoten aus der Woche zum besten und ich erfuhr von Samu, dass seine Familie seit mehr als 50 Jahren auf dem Weihnachtsmarkt arbeitete. Seine Großeltern hatten damit angefangen und es an ihre Kinder – also Samus Vater und seine Geschwister – weitergetragen. Den Rest des Jahres arbeitete Samu als Grafikdesigner in einer Werbeagentur und entwarf gemeinsam nebenbei mit seiner Großmutter neue Schneekugeln. Ich hätte ihm stundenlang zuhören können, allerdings waren wir ja eigentlich hier, um Filme zu gucken und so hielt ich mich mit meinen Fragen zurück. Wir schauten nach einigen Diskussionen mit Samu und Matti noch

„Liebe braucht keine Ferien", wobei mir nach der Hälfte immer wieder die Augen zufielen. Auch die anderen wurden langsam müde und wir beschlossen, nach dem Film Schluss zu machen.

Samu verabschiedete sich bei mir mit den Worten: „Hoffentlich bis bald" und ich erwiderte: „Das hoffe ich auch". Mh. Nicht gerade schlagfertig. Immerhin hatte Matti vorhin dafür gesorgt, dass Ina, Leo und ich Samus Handynummer hatten – und Samu unsere. Vielleicht würden wir in den nächsten Tagen ja miteinander schreiben. Es lag in unserer Hand.

Heutige Aufgabe:
Schau dir einen Weihnachtsfilm deiner Wahl an.

Heutiges Lied:
Sam Smith – have yourself a merry little christmas

17. Dezember

Ein Baum Namens
Tann-ja

„Was meinst du, ist der gut?" fragte ich meinen Vater und deutete auf eine hochgewachsene Tanne mit dichten, dunkelgrünen Nadelreihen. Wir befanden uns an einem Weihnachtsbaumstand in der Nähe vom Haus meiner Eltern und suchten nach dem perfekten Baum fürs Fest. „Ne, der Stamm ist zu dick, den kriegen wir nicht in den Ständer", antwortete mein Vater fachmännisch und scannte mit seinen Blicken bereits andere Bäume. Aus den großen Lautsprechern des Standes schallte knackend „Rockin' Around The Christmas Tree" von Brenda Lee über die Tannenreihen und um uns herum wuselten jede Menge weihnachtsbaumwütige Kunden, die genau wie wir auf der Suche nach ihrem diesjährigen Prunkstück waren. Ich strich mit meinen Fingern über die duftenden Nadeln der Bäume, streifte mit meinem Vater durch die Reihen und begutachtete ein Gewächs nach dem anderen. Zu klein, zu groß, nicht bauschig genug, zu bauschig, zu krumm, zu gerade – mein Vater hatte ganz klare Anforderungen und kein Baum schien sie zu erfüllen. „Was bekommt eine Tanne, die sich besonders auf Weihnachten freut? Na? Na?", fragte ein Mann mit riesigem Schnauzbart gerade seinen Sohn, den ich auf ca. 15 Jahre schätzte. „Na?", fragte dieser und schaute seinen Vater erwartungsvoll an. „Einen Ständer", rief der Mann lachend und schlug sich voller Wonne auf die Oberschenkel. Sein Sohn lachte unbeholfen mit, schien sich aber ziemlich für seinen Vater zu schämen und schaute sich verstohlen nach links und rechts um. Kurz blieb sein Blick an mir hängen, dann wurde er knallrot und guckte beschämt zu Boden. „Guck mal Sven, die Tanne hier nehmen wir! Wir nennen sie Tann-ja! Verstehst du? Wegen Tanne. Tann-Ja!" brüllte der Mann weiter und wischte sich dabei eine Lachträne aus dem Augenwinkel. Der kam so flach, dass ich tatsächlich mitlachen musste, auch mein Vater stimmte mit ein und schließlich konnte auch der Sohn namens Sven nicht anders und lachte grunzend auf. „Hallo, können Sie uns helfen? Wir suchen a tännschen please. A tännschen, verstehen sie?", forderte der Mann lautstark vom Verkäufer und beömmelte sich wieder über seinen eigenen Witz. Ich verdrehte die Augen, musste aber trotzdem heimlich grinsen.

Ein paar Minuten später trat ein Funkeln in die Augen meines Vaters, was nur eins bedeuten konnte: er hatte den perfekten Baum gefunden. Er zeigte auf eine gerade, buschige Tanne, deren Nadelreihen nur darauf zu warten schienen, mit glitzernden Kugeln und funkelnden Kerzen geschmückt zu werden. Wir kommunizierten nur durch unsere Blicke und mein Vater schleifte den Baum zum Verkäufer. Dieser manövrierte selbigen in den Tannenbaumtrichter, um ihn mit einem Transportnetz zu versehen.

Im Wohnzimmer meiner Eltern angekommen, präsentierten wir Mia und meiner Mutter stolz unsere Ausbeute. Die beiden hatten schon den Ständer aufgestellt, damit unser Fang nicht zu lange im Netz zappeln musste. Unter dem Ständer auf dem Boden lag eine dunkelgrüne Weihnachtsdecke mit goldenen Sternchen. Als unser Baum glücklich und zufrieden seine Zweige aushängen konnte, setzte ich mich mit meinen Eltern und meiner Schwester an den Wohnzimmertisch. Meine Mutter hatte zwei bunte Teller mit Leckereien gefüllt: Nüsse, Mandarinen, selbstgebackene Plätzchen, Dominosteine, Spekulatius, Schokokugeln mit Milchfüllung – es war für jeden Geschmack etwas dabei. Weil sie wusste, dass ich, sobald ich etwas Süßes aß, auch gerne etwas Herzhaftes hinterher schob, hatte sie auch ein paar belegte Brote vorbereitet.

Mia holte einige Gesellschaftsspiele aus ihrer Tasche, unter anderem Sequence, Skipbo und ein Escape Game. Wir liebten es, gemeinsame Spieleabende zu veranstalten, auch wenn mein Vater im Laufe des Abends irgendwann meist keine Lust mehr hatte. Ich erinnerte mich noch ganz genau, wie mal ein Monopoly-Spielbrett durch das ganze Wohnzimmer geworfen wurde, als ihm ein Spielzug meiner Mutter nicht gepasst hatte. Wir spielten mehrere Runden, kreischten dabei vor Freude auf, wenn gewonnen wurde, und ich genoss diesen Tag mit meiner Familie sehr. Mir war durchaus bewusst, dass ich mich sehr glücklich mit ihnen schätzen konnte. Leo hatte beispielsweise überhaupt keinen guten Draht zu seinen Eltern. Zu seinem Vater gab es gar keinen Kontakt, zu seiner Mutter nur sehr sporadisch und deswegen mochte er die Vorweihnachtszeit auch nicht so gerne. Dieses Jahr hatte ich ihn in Absprache mit meinen Eltern Heiligabend zu uns eingeladen. Bei den vielen Onkel, Tanten, Cousinen und Kleinkindern fiel eine Person mehr oder weniger auch nicht mehr auf. Zuerst hatte er sich zwar ziemlich geziert, sich dann aber doch überzeugen lassen. Ich konnte ziemlich nervig und penetrant sein, wenn ich es wollte. Und gute Freunde waren für mich genauso wichtig wie meine Familie. Schließlich sind Freunde die Familie, die man sich aussuchen kann.

Als wir keine Lust mehr hatten, am Tisch zu sitzen, mummelten wir uns mal wieder auf der Couch ein. Das Spiel „Gesprächsstoff – Familienedition" war meine neuste Errungenschaft. Auf den Spielkarten standen Fragen, die in die Runde gestellt wurden und nach und nach konnte jeder seine Meinung oder seine Antwort auf die Frage rein-werfen. Selbst wenn man sich so gut kannte wie meine Familie, kamen neue Seiten der Personen zum Vorschein, was ich total genoss. Vor allem Kindheitsgeschichten meiner Eltern fand ich spannend – wenn man selbst ein Kind ist, fällt es einem oft sehr schwer, sich vorzustellen, dass die eigenen Eltern auch mal Kinder, Jugendliche und junge Erwachsene waren und Träume und Vorstellung von ihrem Leben hatten, die sich nicht unbedingt erfüllten. Als die Frage aufkam, welcher materielle Wunsch sich als Kind nie erfüllt hatte, erzählte mein Vater von einer Carrerabahn mit Looping, meine Mutter von einem Steiff-Kuscheltier und meine Schwester von dem Knet-Spielset Playdooh Doktor Wackelzahn. Ich hatte heute morgen beim Öffnen meines Kalenders eine kleine Trommel zu Tage befördert. So eine hatte ich mir früher immer gewünscht. Meine Eltern meinten damals, sie hätten genug Krach mit uns – und ich wusste genau, dass ich als Elternteil auch so entschieden hätte wie sie.

Ich grübelte noch über die Kindheit und die Wünsche meiner Eltern nach, als ich abends im Bett lag und fasste einen Entschluss, den ich Montag direkt in die Tat umsetzen wollte.

Heutige Aufgabe:
Such dir einen Weihnachtsbaum aus oder google dumme Witze fürs Fest.

Heutiges Lied:
Brenda Lee – Rockin Around The Christmas Tree

18. Dezember

Kakao für
die Seele

Ich lag gemütlich auf der Couch, hatte überall im Wohnzimmer funkelnde Lichter an, meine Füße steckten in dicken, kuscheligen Socken und ich schaute Pippi Langstrumpf. Seit ich das Bild der goldenen Trompete im Adventskalender gesehen hatte, hatte ich richtig Lust gehabt, den Film mit der Weihnachtsepisode zu schauen. Heute hatte ich eine dampfende Tasse Kakao zu Gesicht bekommen, als ich die achtzehnte Tür des Kalenders öffnete. Als die Abspannmusik lief, ging ich in die Küche, um mir genau so einen zu machen wie im Kalender. Dafür goss ich Hafermilch in einen Topf und schaltete die Herdplatte auf mittlere Hitze. Ich rührte geduldig um und gab einige Stücke Kinderschokolade in die Milch. Diese löste sich zügig auf und färbte das wohlduftende Getränk hellbraun. Ich gab noch eine Prise Zimt, ein bisschen Vanille und einige Stücke Zartbitterschokolade dazu und rührte weiter. Als sich die gesamte Schokolade aufgelöst hatte, goss ich den Kakao in meine riesige rote Weihnachtstasse. In weiser Voraussicht ließ ich noch etwas Luft nach oben, denn ich hatte vor, das Ganze mit einem riesigen Berg Sprühsahne zu krönen. Diesen toppte ich mit einer weiteren Prise Zimt und einigen Spekulatiuskrümeln.

Vorsichtig balancierte ich die Tasse ins Wohnzimmer und ließ mich wieder auf die Couch fallen. Kurze Zeit später lief der Soundtrack von „Drei Haselnüsse für Aschenbrödel" aus den Boxen meines Fernsehers und ich schaute der Protagonistin dabei zu, wie sie sich langsam aber sicher ins Herz des Prinzen schlich. Ich machte ein Foto, schickte es per WhatsApp an meine Familie und wünschte ihnen einen schönen vierten Advent. Danach nahm ich einen großen Schluck Kakao aus meiner Tasse und genoss den Duft, der mir dabei in die Nase stieg. Mein Handy piepste und ich erwartete eine Antwort von meiner Familie – und staunte nicht schlecht, als ich sah, dass Samu mir eine Nachricht geschrieben hatte. „Habe gerade an dich gedacht, liebe Grüße von den Schneekugeln und mir. Hoffe, du hast einen schönen Adventssonntag", schrieb er und hatte ein Foto vom Stand angehängt. Ich lächelte und schrieb sofort zurück. „Liebe Grüße von Aschenbrödel und mir, wir haben gemeinsam einen fantastischen Sonntag! Wie lange musst du heut noch arbeiten?" Er war online und ich sah, dass er direkt eine Antwort eintippte. „Bin neidisch auf die Strumpfhosen des Prinzen, es ist echt verdammt kalt geworden", schrieb er und schob noch ein: „Um 20 Uhr ist hier Feierabend" hinterher. „Soll ich dir eine Strumpfhose vorbeibringen? Die kannst du dir bis unter die Brust ziehen, anders komme ich auch nicht durch den Winter", bot ich an. Wir flachsten noch eine Weile hin und her, bis er schrieb: „Naja, ich muss mal weitermachen, es ist wahnsinnig voll heute. Hab noch einen schönen Abend!" Ich widmete mich wieder meinem Fernseher und freute mich, dass Samu sich gemeldet hatte.

Als Aschenbrödel zuende war, hatte ich keine Lust mehr aufs Fernsehen und stellte mich stattdessen lieber vor mein Bücherregal, um mir eine neue Lektüre auszusuchen. Meine Wahl fiel auf „All I want for Christmas" von Julia K. Stein. Ein Pärchen verlobte sich, die ausgewählten Trauzeugen konnten sich überhaupt nicht leiden und versuchten mit allen Mitteln, die Hochzeit zu verhindern. Dabei kamen sie sich etwas näher und es stellte sich die Frage, ob sie sich nicht vielleicht doch mögen könnten. Das ganze spielte in Manhattan, war glamourös und ich hatte richtig Lust auf diese Geschichte.

Während ich in das Buch eintauchte und im Hintergrund leise Klaviermusik lief, schweiften meine Gedanken immer wieder zu Samu. Wie es wohl war, jedes Jahr auf dem Weihnachtsmarkt zu arbeiten und das Gewusel mitzubekommen? Ich fragte mich, ob er überhaupt noch Vorfreude auf Weihnachten empfinden konnte, oder ob er einfach nur froh war, wenn der Dezember vorbei war. Das nächste Mal, wenn wir uns hören oder sehen würden, würde ich ihn genau das fragen. Und ich wollte wissen, welche Schneekugel seine allerliebste war.

Gegen 20 Uhr beschloss ich, mir eine kleine Wellnesseinheit zu gönnen. Dafür ließ ich die Badewanne volllaufen, goss großzügig Badezusatz ins Wasser und glitt kurze Zeit später in eine riesige, warme Schaumwolke. Auf mein Gesicht hatte ich eine Maske aufgetragen, die Gurkenscheiben für die Augen hatte ich mir geklemmt. Während ich mein Vollbad genoss, lauschte ich der sanften Stimme meiner liebsten Meditationsyoutuberin „Inner Garden" und ließ jede Menge wohltuende Worte zum Thema Selbstliebe auf mich wirken. Gerade im Alltag vergisst man so oft, sich Zeit für sich selbst zu nehmen und dieser Tag hatte mir so gut getan, um meine sozialen Batterien wieder aufzuladen und mich für die restlichen Weihnachtsvorbereitungen zu stärken. Es stand nämlich noch einiges an: die letzten Geschenke besorgen, alles einpacken, die Firmenweihnachtsfeier genießen, den Weihnachtsbaum schmücken, Essen vorbereiten, Schlittschuhlaufen... ich erstellte mir eine To Do List, um meine Gedanken zu sortieren und legte mich frisch gebadet in mein Bett, dass ich am Morgen gerade erst neu bezogen hatte – so ein wunderbares Gefühl! Ich schnappte mir mein Buch und las noch eine Weile, bis ich mich dazu entschied, zu schlafen.

Heutige Aufgabe:
Mach dir in Ruhe ein Heißgetränk deiner Wahl und erstell dir eine To Do Liste, um nicht in Hektik zu geraten.

Heutiges Lied:
Aschenbrödel Soundtrack

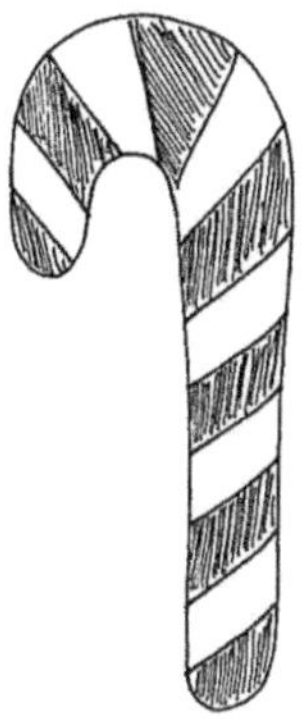

19. Dezember

Eine wilde Fahrt in der wilden Maus

Ich verfluchte mich innerlich dafür, dass ich es wieder nicht hinbekommen hatte, bereits alle Geschenke beisammen zu haben. Das Einkaufscenter war so voll, ständig sprang mir irgendein Kleinkind vor die Füße, jemand stand mir im Weg und ich musste dreimal tief durchatmen, um nicht laut zu schreien. „Bleib bei dir, es ist die schönste Zeit des Jahres", betete ich mir innerlich vor. Ich betrat den Spielzeugladen und kämpfte mich so schnell es ging zu den Regalen durch, in denen ich fand, was ich suchte. Nachdem ich das lange Anstehen an der Kasse hinter mir hatte und alle Geschenke, die ich noch brauchte, in einer riesigen Tüte in der Hand hielt, atmete ich tief und zufrieden aus und machte mich wieder auf den Weg nach Hause.

Dort angekommen, blieb mir gar nicht mehr so viel Zeit, um mich für die Weihnachtsfeier fertig zu machen. Mir fiel ein, dass ich das heutige Türchen noch nicht geöffnet hatte und holte das nach. Ich erkannte mich selbst nicht mehr und nahm mir vor, das für die nächsten Tage wieder besser hinzukriegen. Ich wurde mit einer rot-weißen Zuckerstange belohnt, die funkelte. Danach machte ich mich frisch, schlüpfte in ein schwarzes, funkelndes Paillettenkleid, legte stärkeres Make Up auf und kramte Ewigkeiten in meinem Kleiderschrank nach einer passenden Strumpfhose. Wir hatten nichts Großes geplant und wollten bereits um 17 Uhr gemütlich etwas Essen und Trinken gehen. Als ich mit meinem Outfit zufrieden war, beeilte ich mich, um pünktlich ins Restaurant zu kommen.

Dort warteten schon meine Chefin und einige Kollegen von mir – alle fein herausgeputzt. Auf den langen Tischen standen hübsche Tannengestecke, goldene Teller und edle Kristallgläser. „Alex, schön, dass du da bist!" begrüßte mich meine Chefin und der Kellner brachte mir sofort ein Glas Sekt. Als alle eingetroffen waren, hielt meine Chefin eine kurze Rede, bedankte sich bei uns allen für unsere tolle Arbeit in diesem Jahr und wünschte uns einen schönen Abend. Kurz darauf trugen die Kellner riesige Platten mit Leckereien auf. Da wir in einem mexikanischen Restaurant waren, gab es Nachos, Guacamole, gefüllte Blätterteigtaschen, frittierten Käse, frittiertes Hackfleisch im Teigmantel, jede Menge Schnaps und Cocktails, zig verschiedene Dips – ich hatte langsam den Überblick verloren, was und vor allem wie viel ich schon gekostet hatte. Die Cocktails waren so stark, dass ich schon nach anderthalb Gläsern merkte, wie bedudelt ich war. Meinen Kollegen ging es genauso und die Stimmung wurde richtig ausgelassen. Irgendwann wurden einige Tische beiseite geschoben und die anderen Gäste im Restaurant fingen an, zu tanzen, meine Chefin allen voran. Sie hatte inzwischen einen Haarreifen mit glitzerndem Geweih aufgesetzt und verteilte glucksend verrückte Weihnachtsaccessoires. Brillen, Haarreifen, Krawatten, Haarspangen, es war für jeden etwas dabei. Unser Kellner schoss uns zuliebe jede Menge Erinnerungsfotos mit diversen Handys und wir genossen den Abend sehr.

Gegen 22:30 Uhr löste sich die Feierlichkeit auf – schließlich mussten so gut wie alle am nächsten Morgen früh raus und zur Arbeit. Zum Glück hatte ich Urlaub, ich hatte inzwischen so einen im Tee, dass ich hoffte, noch einigermaßen gut nach Hause zu kommen. Mein Bus fuhr mir direkt vor der Nase weg, auf eine Taxifahrt hatte ich keine Lust und ich beschloss, gemeinsam mit meiner Kollegin Line ein Stück zu laufen. Auf dem Weg kamen wir zwangsläufig am Weihnachtsmarkt vorbei, dessen Lichter größtenteils schon ausgeschaltet waren. Einige Glühweinstände hatten noch geöffnet und ich sah, dass auch die Wilde Maus noch fuhr. „Alex, wollen wir eine Runde wilde Maus fahren?", fragte mich Line kichernd und ich hatte richtig Lust drauf. Als wir an der Mini-Achterbahn angekommen waren, wollte der Ticketverkäufer eigentlich gerade schließen. „Biiiitte, wir wollen so gerne noch eine Runde fahren, wir zahlen auch mehr!" bettelten wir ihn mit unserem besten Dackelblick auf den Gesichtern an. „Na- gut Mädels, weil ihr es seid", ließ er sich lachend breitschlagen. Wir bedankten uns und stiegen in den Wagen. Als er die Bügel schloss, schoss mir in den Kopf, dass der Mann Samus Vater war. Ich starrte ihn an und konnte in seinen Gesichtszügen einiges von Samu wiedererkennen. „Das bedeutet uns wirklich sehr viel, dankeschön", wiederholte ich meine Dankessalve und lächelte ihn selig und betrunken an. Während der Fahrt dröhnte „Christmas" von The Offspring aus den Lautsprechern, wir lachten und lachten und lachten, während uns der Wagen ruckelnd über die Bahn führte. Lachtränen liefen uns die geröteten Gesichter herunter, bis die Fahrt zuende war und wir aussteigen mussten. Dabei verhedderte sich mein Fuß in dem Wagen und ich fiel hart auf die Knie.

„Na hoppla, kleine Eisprinzessin“, sagte eine mir wohlbekannte Stimme, kurz bevor mir eine Hand hingehalten wurde, um mich wieder auf die Beine zu stellen. Ich hob den Kopf und schaute direkt in Samus Augen. Er grinste belustigt und Line rief dazwischen: „Alex, alles gut bei dir? Hast du dir wehgetan?“. „Alles gut, tut gar nicht weh“, log ich und rieb mir das Knie. Meine Strumpfhose war aufgerissen und mein Knie blutete ziemlich heftig. „Das sieht aber nicht so aus“, merkte Samus Vater an und bestand darauf, mich zu verarzten. Er zog mich gemeinsam mit Line und Samu zu einem Container, der hinter der Wilden Maus stand, setzte mich auf einen weißen Plastikstuhl und holte einen Erste Hilfe Kasten aus einem Schrank. Derweil rollte ich das, was von meiner Strumpfhose übrig war, mein Bein hinab, damit er die Wunde säubern konnte. „Ich bin übrigens Thorsten“, stellte er sich vor. „Hi Thorsten, ich bin Alex“, antwortete ich brav und bedankte mich überschwänglich und noch immer reichlich beschwipst bei ihm für seine Hilfe. Als ein riesiges Pflaster auf meinem Knie prangte und ich die zerrissene Strumpfhose notdürftig wieder hochgezogen hatte, bestand Samu darauf, mich nach Hause zu bringen.

Ich verabschiedete mich herzlich und dankbar von Thorsten und Line, die von hier an in eine andere Richtung laufen musste. Samu wich nicht von meiner Seite und ich plapperte den gesamten Weg nach Hause auf ihn ein, während mein Knie ziemlich pochte. Als wir in meiner Straße angekommen waren, sagte ich: „Da vorne ist meine Wohnung, ist gar nicht mehr weit, das schaff ich auch alleine, du kannst ruhig nach Hause gehen“. „Jetzt kann ich dich auch bis zu deiner Haustür bringen, dann weiß ich, dass du wirklich sicher angekommen bist“, beharrte er darauf. Ich grinste über das ganze Gesicht und freute mich. Vor der Tür angekommen, stellte ich mich auf die Zehenspitzen, gab ihm einen Küsschen auf die Wange, bedankte mich und wünschte ihm eine gute Nacht. Er lächelte mich an, drückte mich kurz an sich und ich verschwand kurze Zeit später im Haus.

Heutige Aufgabe:
Kennst du den Kindheitswunsch von jemandem, der dir nahe steht?
Versuch doch, ihn zu erfüllen, falls das finanziell möglich ist.

Heutiges Lied:
The Offspring – Christmas

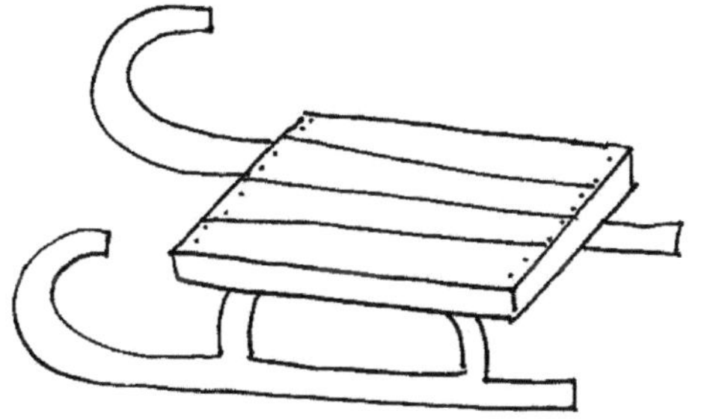

20. Dezember

Have a holly,
jolly Christmas

Als ich aufwachte, dröhnte mir der Schädel und mein Knie tat höllisch weh. Ich stöhnte genervt auf und beschloss, noch ein bisschen im Bett liegen zu bleiben. Um 14 Uhr war ich mit meiner Familie bei meinen Eltern verabredet, um den Weihnachtsbaum zu schmücken und die letzten Vorbereitungen für Heiligabend zu besprechen. Bis dahin würde ich mich so wenig wie möglich bewegen und mich selbst bemitleiden. Als ich aufs Handy schaute, hatte ich eine Nachricht von Samu. „Na, bist du gut aus dem Bett gekommen?" Ich rollte mit den Augen und bereute es sofort, weil mein Kopf dadurch noch mehr schmerzte. „Frag nicht. Was hab ich gestern alles erzählt, war es doll peinlich?", schrieb ich zurück und versuchte mich an alles zu erinnern, was passiert war. Eine Stunde später konnte ich mich aufraffen, zu duschen und mich einigermaßen fertig zu machen. Samu hatte mir zwar versichert, dass ich mich nicht blamiert hatte, angenehm fand ich es trotzdem nicht, dass er mich so erlebt hatte. Um nicht weiter darüber nachzudenken und meinem Vorhaben, wieder direkt morgens meine Kalendertüren zu öffnen, gerecht zu werden, schnappte ich mir den Kalender und war kurzzeitig traurig darüber, dass schon so viele Türen offenstanden. Die Trauer hielt allerdings nur kurz an, denn als ich das zwanzigste Türchen auffriemelte, wurde ich mit dem Anblick von zwei Kindern belohnt, die auf einem Schlitten einen glitzernden Berg hinuntersausten. Sofort dachte ich an wilde Schlittenfahrten mit Mia und lächelte.

Punkt 14 Uhr klingelte ich an der Haustür meiner Eltern. Mia war schon da, wie ich ihrer lauten Stimme entnehmen konnte, die gemeinsam mit Michael Buble „Holly Jolly Christmas" sang. „Hallo Mama", sagte ich und küsste meine Mutter auf die Wange. „Boah, hast du eine Fahne", entgegnete diese und hielt mich eine Armeslänge auf Abstand. Nachdem ich meinen Vater und Mia begrüßt hatte, gingen wir alle gemeinsam ins Wohnzimmer. Mia setzte sich auf den Boden vor den Tannenbaum und kramte in einer riesigen Kiste. Neben ihr lagen jede Menge geöffnete Schachteln mit Christbaumschmuck in allen Farben und Größen. Dieses Jahr durfte sie aussuchen, in welchem Stil der Baum dekoriert wurde – das war eine unserer vielen Familientraditionen. Letztes Jahr durfte mein Vater bestimmen und der Baum wurde daraufhin ausschließlich mit roten, glänzenden

Kugeln geschmückt. „Das diesjährige Motto ist Gold!“ verkündete Mia und hielt zwei große, matte Kugeln hoch. Gesagt, getan.

Wir stöberten gemeinsam alle Kisten durch, sammelten alles, was nach Gold aussah, zusammen und fingen an, den Baum zu schmücken. Wir hatten goldene Kugeln in verschiedenen Größen, mit Glitzer, ohne Glitzer, glänzend, matt, tropfenförmige Kugeln, goldenes Lametta, zarte goldene Schneeflocken an dünnen Fäden, echte Kerzen in goldenen Clipständern, eine riesige Lichterkette und einen goldenen Stern für die Spitze der Tanne. Während mein Vater mit der Lichterkette kämpfte und einige Knoten löste, machte Mia sich daran, die Kugeln im Baum zu verteilen. Meine Mutter und ich hatten uns derweil an den bunten Tellern bedient und futterten Kekse. Als aller Schmuck am Baum hing und die Lichterkette angeschaltet war, bestaunten wir unseren diesjährigen Weihnachtsbaum. Er sah sehr edel aus, strahlend, funkelnd und vielversprechend.

Danach setzten wir uns gemeinsam an den Wohnzimmertisch und sprachen über das Essen für den Heiligen Abend. Wir würden insgesamt 16 Personen sein, darunter vier Kinder und wir hatten uns dazu entschieden, ein Buffet mit warmen und kalten Speisen vorzubereiten. Die Feier würde bei meinen Eltern im Haus stattfinden und wir planten, wer wo sitzen könnte, was nicht fehlen durfte und wer sich worum kümmern würde. Ich bot an, einige Salate und Fingerfood vorzubereiten und schrieb eifrig alles mit, was meine Mutter mir diktierte. Als wir alles verteilt hatten und die ganzen übrig gebliebenen Kugeln wieder in den Kisten verstaut waren, machte ich mich auf den Weg nach Hause.

Als ich faul auf der Couch lag, klingelte es an meiner Tür. Ich schlurfte in den Flur, um sie zu öffnen und schaute durch den Türspion. Draußen stand Elli. „Hi Elli, schön, dich zu sehen“, begrüßte ich sie. „Möchtest du kurz reinkommen?“, bot ich ihr an, während sie bereits mit ihren süßen Hausschuhen in meinen Flur stapfte. „Alex, ich brauche deine Hilfe. Ganz schnell!“ verkündete sie mit geschäftiger Stimme. „Okay, wobei?“, fragte ich und hoffte, dass es nichts Anstrengendes war. Dazu war ich heute wirklich nicht in der Lage. „Ich möchte meinen Eltern gerne etwas von den Babys zu Weihnachten schenken. Können wir nicht ihre Fußabdrücke auf Papier machen? Ich kann das nicht alleine machen, hilfst du mir?" Ich seufzte, sagte aber selbstverständlich ja. „Wie wollen wir es denn am schlauesten machen, ohne dass deine Eltern Verdacht schöpfen?" fragte ich Elli und war mir sicher, dass sie bereits einen Plan geschmiedet hatte. „Mein Papa ist morgen arbeiten und meine Mama ist bestimmt froh, wenn sie mal kurz ihre Ruhe hat. Kannst du nicht mit hochkommen und fragen, ob du mit uns spazieren gehen kannst, damit sie schlafen kann? Dann denkt sie, du bist nett". Na danke. Ich war ja wohl nett. „Okay, machen wir. Soll ich gleich mit hochkommen?", bot ich an und wir gingen gemeinsam die Treppe zu der Wohnung ihrer Eltern hoch. Als ich alles mit ihrer Mutter geklärt hatte, beschloss ich, morgen früh nochmal loszugehen, um schonende Farbe für die kleinen Baby-füße zu besorgen. Ich wollte nicht riskieren, am Ende schuld zu sein, wenn die kleinen Mäuse mit schwarzen Füßen ihr erstes Weihnachts-fest feiern mussten.

Heutige Aufgabe:
Schmücke in Gedanken – oder in der Realität - deinen Weihnachts-baum.

Heutiges Lied:
Michael Bublé – Holly Jolly Christmas

21. Dezember

Elli und der
Schneetanz

Als ich mit zwei Einkaufstüten voller Lebensmittel meine Wohnungstür aufschloss, fragte ich mich, wo zum Teufel ich diese Essensberge eigentlich verstauen sollte. Ich packte alles, was möglich war, in den Kühlschrank und stapelte den Rest auf meiner Küchentheke. Die rote Farbe für die Babyfüße stellte ich auf den Wohnzimmertisch, ebenso wie die zwei Bögen weiße, dicke Pappe, die ich für die Fußabdrücke der Zwillinge besorgt hatte.

Kurz darauf zog ich meine Jacke an und klingelte an der Tür von Ellis Wohnung. Ihre Mutter Claudi öffnete mir und trug eins der schreienden Babys auf dem Arm. „Tausend Dank, dass du mit den Dreien spazieren gehst, die Nacht war wirklich sehr kurz", seufzte sie erschöpft und Elli und ich halfen ihr dabei, die Kleinen dick anzuziehen. „Der Zwillingswagen steht unten im Hausflur, Elli kennt sich damit aus", sagte sie zum Abschied und ich nahm beide Babys auf den Arm. „Na Lilia und Linus, wie geht es euch heute?", begrüßte ich die Kleinen auf meinem Arm. Lilia gluckste mich fröhlich an und sabberte ein bisschen. Unten angekommen, verstauten wir die beiden im Zwillingswagen und machten uns auf den Weg nach draußen. Es war inzwischen wirklich schweinekalt geworden und es würde mich nicht wundern, wenn es bald schneien würde. Als hätte Elli meine Gedanken gelesen, fragte sie: „Meinst du, es schneit an Weihnachten?". „Das wäre wirklich schön, oder?" entgegnete ich und zog mir den Ärmel über meine behandschuhten Finger, die vom Kinderwagenschieben ganz taub waren. „Wir können ja vorsichtshalber nachher einen Schneetanz machen", schlug sie vor und ich versprach ihr, mitzumachen.

Nach einer halben Stunde schlichen wir zurück in den Hausflur, flehten Linus und Lilia stumm an, keinen Ton zu machen und als hätten sie verstanden, dass sie Teil einer geheimen Mission waren, blieben sie mucksmäuschenstill, bis wir in meiner Wohnung angekommen waren und sie aus ihren warmen Anzügen schälten. Dafür, dass Elli selbst noch so klein war, ging sie erstaunlich routiniert mit ihren kleinen Geschwistern um. Sie hatte Linus längst aus dem Anzug gepellt, während ich noch mit dem Beinchen von Lilia kämpfte, das sie einfach nicht aus dem Hosenbein ziehen wollte. Als wir den beiden die Strumpfhosen ausgezogen hatten – ich hatte das Wohnzimmer extra geheizt, damit die Mäuse nicht froren – zeigte ich Elli die Farbe und die Pappe, die ich gekauft hatte. „Schau mal, hiermit können wir ihre Füße und wenn wir möchten, auch ihre Hände einpinseln, das geht auch ganz leicht wieder ab und deine Mama und dein Papa merken gar nicht, was wir gemacht haben!", erklärte ich ihr. Linus legten wir auf eine kuschelige Decke und Elli gab ihm seinen flauschigen Teddy in die kleinen Hände. Ich nahm Lilia vorsichtig auf den Schoß und Elli malte mit einem großen, bauschigen Pinsel in Windeseile die rote Farbe auf ihre linke Fußsohle. Danach hob ich sie über die weiße Pappe, Elli schnappte sich Lilias Fuß und drückte ihn fest drauf. „Das ist richtig gut geworden", staunte ich und knuddelte Lilia, die geduldig alles über sich ergehen ließ.

Mit dem zweiten Fußabdruck klappte es auch so gut und kurze Zeit später hatten wir ihr die Füßchen wieder sauber gemacht, ihre Strumpfhose wieder angezogen und sie neben Linus auf die Decke gelegt. Linus hatte gar keine Lust auf das Prozedere und fing lautstark an zu weinen. „Pscht, willst du, dass Mama dich hört?", schimpfte Elli leise mit ihrem Bruder, legte ihm einen Finger auf den kleinen Mund und er schaute sie erschrocken mit großen Augen an. „Ich mach uns mal ein bisschen Musik an, vielleicht ist er dann zufriedener", schlug ich vor und startete „The little Drummer Boy" von Frank Sinatra. Es schien zu wirken. Auch wenn Linus Fußabdruck nicht ganz so sauber wurde wie der von Lilia, waren Elli und ich richtig zufrieden. Sie schrieb mit ihrer kindlichen Handschrift LINUS und LILIA auf die jeweiligen Pappstücke und ich versprach ihr, ihre gebastelten Weihnachtstüten und die beiden Bilder pünktlich am Heiligabend nach oben zu bringen.

„Jetzt wird es Zeit für unseren Schneetanz!", rief Elli aufgeregt und fragte, ob ich „Willst du einen Schneemann bauen" aus dem Disneyfilm Frozen anmachen könnte. Dank Spotify tat ich das und kurze Zeit später tönte der Text durch mein Wohnzimmer.

Während wir leise mitsangen, wirbelte Elli durchs Wohnzimmer und machte die wildesten Verrenkungen mit ihrem Körper. Ich versuchte, ihre Bewegungen nachzumachen, auch wenn mein Knie noch ziemlich wehtat, und hatte den Eindruck, dass selbst die Zwillinge wilder mit den Beinchen strampelten als vorher. „Jetzt kann nichts mehr schiefgehen", versicherte mir Elli, als das Lied zu Ende war. Mit Blick auf die Uhr sagte ich ihr, dass es langsam an der Zeit für sie und ihre Geschwister war, wieder nach Hause zu gehen.

Als ich Ellis Mutter ihre Kinder zurückbrachte, sah sie schon viel erholter aus, als vor ein paar Stunden. „Alex, du bist wirklich ein Engel, danke!", sagte sie und umarmte mich herzlich. Ich verabschiedete mich und ging zurück in meine Wohnung.

Nachdem ich ein bisschen aufgeräumt hatte, schrieb ich erst Leo und Ina und dann Samu die gleiche Nachricht: „Habe gerade mit meiner Nachbarin einen Schneetanz veranstaltet, ab morgen schneit es." Alle drei antworteten ziemlich skeptisch, aber ich vertraute auf Ellis und meine Zauberkräfte. Außerdem hatte mein Kalender mir heut morgen das Bild eines Schneemanns geschenkt, das musste ja etwas bedeuten. Ich schnappte mir „All I want for Christmas" und vertiefte mich für den Rest des Tages in mein Buch.

Heutige Aufgabe:
Mach einen Schneetanz!

Heutige Lieder:
Magdalena Haier, Pia Allgaier, Valeska Gerhart – Willst du einen Schneemann bauen? Frank Sinatra – The Little Drummer Boy

22. Dezember

Ein kleines
bisschen Magie

Nach einem gemütlichen Vormittag im Bett, ausgiebigem Frühstück und dem Song „Snowman" von Sia in Dauerschleife, begann ich mit dem Einpacken meiner Weihnachtsgeschenke. Ich breitete Geschenkpapierrollen, Tesafilm, eine Schere, jede Menge Geschenkbänder und die Tüten, die ich mit Elli gebastelt hatte, auf dem ausgezogenen Wohnzimmertisch aus und fing an, die Geschenke nach Größe zu sortieren, um danach zu entscheiden, welches Paket welches schmückende Kleid bekommen würde. Das Armband für Mia lag auf Samt gebettet in einer schicken Schatulle. Ich band eine große, rote Satinschleife um das Kästchen und steckte es anschließend in eine der selbstgebastelten Tüten. Die Überraschunggeschenke für meine Eltern, Mia und Leo packte ich alle in rotes Geschenkpapier mit kleinen Lebkuchenmännern ein, das Badewannenkissen für meinen Vater machte es mir besonders schwer und ich steckte es kurzerhand zurück in den Karton, in dem es bei mir angekommen war und packte statt nur des Kissens den Karton ein. Bei YouTube suchte ich nach kreativen Tipps für besonders schöne Einpacktechniken und staunte darüber, wie geschickt die Hände der Frau im Video vorgingen, als sie einen Fächer aus dem Geschenkpapier faltete. Nach dem ersten Versuch wollte ich das Papier am liebsten in die Ecke schmeißen, besann mich aber darauf, dass ich dieses Jahr alles zelebrieren wollte – auch das Geschenke einpacken. Beim zweiten Versuch klappte es und ich bekam einen passablen Fächer hin, der das Geschenk für meine Mutter zierte.

Nachdem ich alle Geschenke eingepackt hatte, staunte ich nicht schlecht, wie viele Päckchen vor mir lagen. Kam es mir nur so vor oder wurde das jedes Jahr mehr? Ich wusste, dass einige Freunde von mir in der Familie auf Geschenke verzichteten und einfach nur die Zeit miteinander genossen. Für mich und meine Familie gehörte es zur Besinnlichkeit dazu, sich Gedanken zu machen, womit man seinen Liebsten eine Freude machen konnte und ich freute mich jetzt schon auf die Gesichter, die sie machen würden, wenn sie ihre Geschenke auspacken würden. Und dabei kam es nicht auf den finanziellen Wert an, sondern ihre strahlenden Gesichter, die man mit Geld nicht aufwiegen konnte.

Erschöpft sank ich auf die Couch. Mein Knie tat zum Glück kaum noch weh, auch wenn es ziemlich blau war. Als ich heute morgen das 22. Türchen meines Kalenders geöffnet hatte, erblickte ich einen schicken Nussknacker mit rotem Jackett und einer schwarzen Mütze. Er erinnerte mich an den Zeichentrickfilm „Der Nussknackerprinz", den ich früher jedes Jahr mit Mia geschaut hatte. Daraufhin nahm ich mir vor, ihn irgendwie aufzutreiben und mit Mia zu gucken.

Heute würde ich mich mit Leo, Ina, Matti und Mo zum Schlittschuhlaufen treffen. Auf dem Weihnachtsmarkt war eine kleine Eisfläche aufgebaut, auf der wir uns austoben wollten. Mein Handy piepste. „War wohl nix mit dem Schnee, mh? Selbst meine Oma kann das besser", neckte mich Samu. Er schickte mir ein Foto vom Schneekugelstand und seiner Großmutter, die gerade eine Kugel schüttelte. „Wart's mal ab, spätestens heute Abend wird der Schnee genauso wirbeln wie in der Kugel", antwortete ich und schickte noch einen Zwinkersmiley hinterher.

Auf dem Weihnachtsmarkt angekommen, begrüßte ich meine Freunde, die schon auf mich warteten. Mo war schon ganz aufgeregt und zupfte ständig an Inas Mantelärmel. „Mama, gehen wir jetzt zum Eis? Und kann ich Zuckerwatte haben? Und einen roten Apfel?" fragte er und Ina versprach ihm, dass er sich später etwas Süßes aussuchen durfte. Als wir an der Eisbahn angekommen waren, liehen wir uns Schlittschuhe aus, zogen sie an und staksten zur Eisfläche. Mo begriff nicht, dass er seine Füße anders bewegen musste, als beim Laufen, was sehr niedlich war, Matti und Ina aber fast zum Verzweifeln brachte. Leo fasste sich ein Herz und nahm Mo an die Hände, stellte ihn vor sich aufs Eis und schob ihn vorwärts, ohne, dass er etwas machen musste. Kurz darauf hatte Mo verstanden, was er zu tun hatte und glitt fröhlich an Leos Hand über das Eis. Mein Herz ging bei dem Anblick auf und ich war mir sicher, dass Leo später mal ein guter Vater sein würde – und ich wusste, dass er sich schon wahnsinnig darauf freute, irgendwann mal eigene Kinder zu haben.

Nachdem wir einige Runden auf dem Eis gedreht hatten, wurde es so voll, dass wir beschlossen, die Schlittschuhe wieder abzugeben und lieber noch ein bisschen über den Weihnachtsmarkt zu schlendern.

Ganz zufällig würde ich dafür sorgen, dass wir auch am Schneekugelstand vorbeikamen, das war ja klar wie Kloßbrühe.

Mos ganzes Gesicht klebte voller Zucker und er schleckte glücklich an seiner riesigen Zuckerwatte, Mattis Zähne klebten vom kandierten Apfel zusammen und Ina stopfte sich einen Knoblauchchampignon nach dem nächsten in den Mund. Leo biss herzhaft in seine Rostbratwurst mit Senf und ich genoss mein Langos mit Knoblauch, Käse, Tomaten und Lauchzwiebeln. Wir schlenderten über den Weihnachtsmarkt, genossen die Lichter und ich war wieder einmal dankbar, diese wundervollen Menschen in meinem Leben zu haben. Als wir uns langsam dem Schneekugelstand näherten, fiel mir wie aus dem Nichts eine Schneeflocke auf die Nase. Und dann noch eine. Und noch eine. Und noch eine. Ich schaute in den Himmel und konnte es selber nicht fassen: es hatte angefangen zu schneien! Und zwar nicht gerade wenig!

Samu stand vor dem Stand, füllte gerade einige Schneekugeln nach, blickte ebenfalls in den Himmel und entdeckte meine Freunde und mich. Er starrte mich ungläubig an. Mo hüpfte vor Freude auf und ab und ließ dabei fast seine Zuckerwatte fallen, Matti umarmte Ina und drückte ihr einen zärtlichen Kuss auf die Lippen und Leo versuchte, spaßeshalber Schneeflocken mit seiner Zunge zu fangen. Am Stand angekommen konnte ich mir ein „Hab ich ja gesagt", nicht verkneifen und Samus intensiver Blick ließ mich nicht los. Es schien ihm die Sprache verschlagen zu haben. Wir begrüßten seine Großmutter und Samu stellte mich als Schneekönigin vor. Lange Zeit zu plaudern hatten wir leider nicht, denn der Weihnachtsmarkt war so voll und es kamen so viele Kunden zum Schneekugelstand, dass wir uns nach ein paar Minuten wieder verabschiedeten und weiter zogen.

Kurz darauf machten wir uns alle auf den Weg nach Hause. Dort angekommen schnappte ich mir meine Schneekugel, zog die Spieluhr auf, schüttelte solange, bis der Schnee in der Kugel wild umherwirbelte und lauschte der Melodie. Wie es wohl wäre, Samu besser kennenzulernen? Ich hielt nichts davon, mich Schwärmereien hinzugeben, ohne eine Person zu kennen, aber bei Samu hatte ich ein wahnsinnig gutes Gefühl. „This is my december, this is my time of the year." Auf einmal bekam der Text für mich eine ganz andere Bedeutung. Eine positive, hoffungsvolle. Es stimmte – dieser Dezember war seit langem die schönste Zeit, die ich erlebte.

Heutige Aufgabe:
Gönn dir eine Leckerei und/oder plane einen Ausflug zur Schlittschuh-bahn.

Heutiges Lied:
Sia – Snowman

23. Dezember

Besinnung vor
dem Fest

„Verdammte Axt!", schimpfte ich, als ich mit dem Messer abrutschte und mir in den Finger schnitt. Blut tropfte auf den Küchentresen und ich ging schnell zum Waschbecken, um es abzuwaschen. Nachdem ich mir ein Pflaster aufgeklebt hatte, schnippelte ich weiter. Einen Nudelsalat hatte ich schon fertig, gerade war ich dabei, eine riesige Schüssel Kartoffelsalat vorzubereiten. Die dazu passenden Würstchen – echte und vegetarische – lagen im Kühlschrank. Als ich mit diesem Gericht fertig war, machte ich mich daran, Eier zu kochen. Bei uns in der Familie war es Tradition, zu jeder Feierlichkeit gefüllte Eier zu kredenzen. Das Rezept dazu wurde von Generation zu Generation weitergegeben und war streng geheim. So geheim, dass inzwischen alle meine Freunde es besaßen und mit Freude in ihre Familien trugen, was mich wahnsinnig freute. Während die Eier im Topf blubberten, schaute ich auf meine Liste, um zu überprüfen, was mir noch fehlte. Ich hatte noch angeboten, gefüllte Teigtaschen beizusteuern. Dafür hatte ich mir drei verschiedene Füllungen überlegt: eine mit Kartoffeln und Gouda, eine mit Hackfleisch und Chili und eine mit Spinat und Feta.

Da wir morgen so viele Personen werden würden und wir verhindern wollten, dass eine oder mehrere Personen permanent in der Küche standen, brachte jeder was mit. Ich war mir jetzt schon sicher, dass ein wilder Mix aus Speisen auf dem Buffet landen würde und freute mich wahnsinnig darauf. Ich knetete den Teig für die Teigtaschen, ließ ihn kurz ruhen und nahm die bereits gekochten Kartoffeln aus dem Topf, den ich zur Seite gestellt hatte. Ich stampfte die Kartoffeln gut durch, mischte etwas Schmand, Salz, Pfeffer und Gouda dazu und fertig war die erste Füllung. Auch die anderen beiden gingen recht fix von der Hand. Nachdem ich den Teig für die Taschen ausgerollt und die Füllungen aufgetragen hatte, legte ich alles auf zwei Backbleche und schob sie in den Ofen. Jetzt stand die letzte Aktion an. Ich hatte das Lebkuchenhaus, das Mia und ich zusammen dekoriert hatten, bei ihr Zuhause eingesammelt und zerbrach schweren Herzens die einzelnen Bauteile in kleine Stücke, um daraus ein Schichtdessert zu machen. Dafür hatte ich Pudding gekocht, den ich vorsichtig in hohe Gläser füllte, mit einer Schicht zerbröseltem Lebkuchen toppte, gab dann wieder eine Schicht Pudding dazu und machte weiter, bis das Glas voll war. Die perfekte Lösung, um etwas Köstliches zu kreieren und nichts wegschmeißen zu müssen!

Nach insgesamt vier Stunden in der Küche tat mir mein Knie nun doch wieder weh, der Rücken machte auch Faxen und ich ließ mich fix und fertig auf die Couch fallen. Ich wünschte mir von Alexa ein Weihnachtslied und Helene Fischer fing an zu singen.

„Maria durch ein' Dornwald ging.
Kyrieleison!
Maria durch ein' Dornwald ging,
 der hatte in sieben Jahr'n kein Laub getragen!
Jesus und Maria."

Immer, wenn ich dieses Lied hörte, wurde ich demütig und begann über mein Leben nachzudenken. Nicht jeder hatte das Glück, eine so liebevolle Familie wie ich zu haben. Deswegen war es für mich auch seit Jahren selbstverständlich, bei diversen Spendenaktionen mitzumachen, um auch denjenigen eine Freude zu bereiten, die sie gut gebrauchen konnten.

Während weitere Weihnachtslieder im Hintergrund dudelten, schnappte ich mir mein Journal und fing an, alles aufzuschreiben, wofür ich in meinem Leben dankbar war. Es fing bei den kleinen Dingen an. Ich hatte ein Dach über dem Kopf, fließendes Wasser, einen gut bezahlten Job, tolle Freunde, eine liebevolle Familie und keine gesundheitlichen Probleme. Auch wenn es als Kind immer albern klang, wenn jemand sagte, dass Gesundheit das Wichtigste sei – es stimmte. Ich ließ auch das Jahr in meinem Kopf Revue passieren. Nachdem ich eine wirklich fiese Trennung hinter mir hatte und nicht damit gerechnet hatte, mich so schnell davon zu erholen, ging es mir inzwischen richtig gut und ich liebte mein Leben. Natürlich hatte auch ich immer wieder Tage, an denen ich den Kopf hängen ließ, aber ich versuchte, immer das Positive zu sehen. Mir regelmäßig schriftlich vor Augen zu führen, wofür ich dankbar sein konnte, half mir, positiv zu bleiben.

Nachdem ich damit fertig war, rollte ich meine Sportmatte aus und machte ein Christmas Dance Workout von Pamela Reif, um wieder in weniger nachdenkliche Stimmung zu kommen. Laut sang ich mit und wackelte mit den Armen und den Beinen, was meinem Rücken nach dem langen Stehen in der Küche gut tat. Mein Knie zwickte, aber ich versuchte es zu ignorieren. Nach dem Tänzchen checkte ich noch einmal meine To Do Liste – ich hatte alles Essen vorbereitet und im Kühlschrank verstaut, alle Geschenke waren in Tüten und Beuteln verstaut aufgereiht, mein Outfit stand – ich hatte an allen Punkten einen Haken gesetzt. Außerdem hatte ich heute Morgen direkt als erste Tat des Tages meinen Kalender geöffnet und einen niedlichen Schneehasen vorgefunden. Dann wurde es jetzt allerhöchste Zeit, den Film „Die Weihnachtsgeschichte" zu gucken! Der Geizkragen Ebenezer Scrooge gehörte für mich am 23. Dezember einfach dazu und ich freute mich wahnsinnig auf die nächsten Tage. Draußen wirbelten weiterhin dicke Schneeflocken herum und die Straße war unter einer glitzernden Decke Schnee verschwunden.

Aufgabe:
Nimm dir fünf Minuten Zeit, um dich gedanklich auf das Fest vorzubereiten und zu dir zu kommen.

Lied:
Helene Fischer – Maria durch ein Dornwald ging

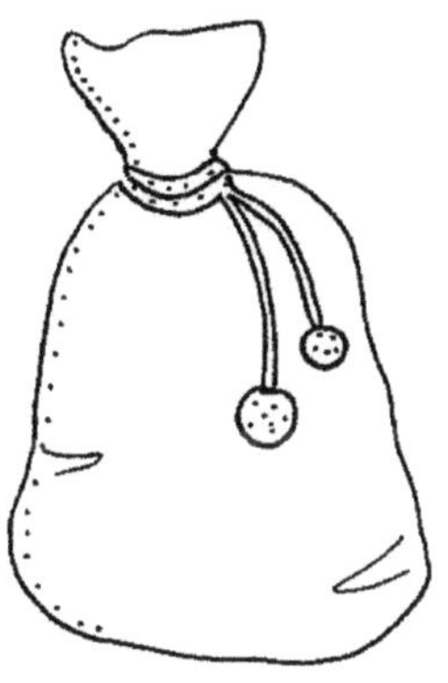

24. Dezember

Ein Heiligabend mit den üblichen Macken

A ls ich die Augen öffnete, klopfte mein Herz vor Freude wie wild. Endlich Heiligabend! Ich sprang auf, warf die Decke zur Seite und öffnete das letzte Türchen meines Kalenders. Ein Weihnachtsmann mit rotem Anzug und typischer Weihnachtsmannmütze strahlte mir fröhlich entgegen, über seiner Schulter hing sein großer, brauner Leinensack, der prallgefüllt mit Geschenken war. Danach hüpfte ich unter die Dusche. Meine Haare waren noch feucht, als ich in den Hausflur lief, um Elli ihr Geschenk zu überreichen und ihr heimlich die Fußabdrücke von Lilia und Linus und die Tüten für ihre Eltern zuzustecken. Sie öffnete mir, versprach, das Geschenk erst heute Abend zu öffnen, und versuchte, die Überraschungen für ihre Eltern ungesehen in ihr Zimmer zu schmuggeln.

Wieder in meiner Wohnung angekommen, startete ich „Christmas must be tonight" von Scala & Kolacny Brothers und machte mich für den Tag fertig. Beim Make Up gab ich mir mehr Mühe als gewöhnlich, legte glitzernden Lidschatten auf, föhnte mir die Haare und schlüpfte anschließend in mein dunkelrotes Kleid. Durch meinen blauen Fleck am Knie verzichtete ich auf eine Perlonstrumpfhose und stieg lieber in eine schwarze, blickdichte Strumpfhose. Nachdem ich fünfmal zu meinem Auto und wieder zurück in die Wohnung laufen musste, um all das Essen und die Geschenke einzuladen, sank ich hinters Steuer und machte mich auf den Weg zu Leo. Ich hatte versprochen, ihn abzuholen und mit ihm gemeinsam bei meinen Eltern aufzutauchen, damit er nicht alleine hinfahren musste – außerdem würden wir dort schlafen und am nächsten Morgen zur Kirche und anschließend zu Ina und Matti fahren, da bot es sich an, gemeinsam zu fahren.

Leo stand bereits vor der Haustür und hatte sich fein herausgeputzt, neben ihm standen drei riesige Tüten voller Tupperdosen, Töpfen, Schlafsachen und Geschenken. „Wie soll ich das alles ins Auto kriegen?", fragte ich ihn zur Begrüßung und wir schafften es mit Mühe und Not, alles in meinen kleinen Opel Corsa zu quetschen. Zwei Tüten nahm er auf den Schoß und wir waren beide froh, als wir fünfzehn Minuten später beim Haus meiner Eltern ankamen. Leo und ich waren seit der Grundschule befreundet und meine Eltern behandelten ihn wie ihren eigenen Sohn. Bisher hatte er sich geziert,

Heiligabend mit uns zu verbringen, aber dieses Jahr freuten wir uns, dass wir ihn überreden konnten.

Im Flur meiner Eltern ging das Spektakel schon los. Meine Cousine war mit ihren Kindern und ihrem Mann bereits da, die beiden Jungs stürmten aufgeregt durch das Haus und suchten den Weihnachtsmann. Meine Mutter versuchte, das Buffet in der Küche zu überblicken und bekam von allen Seiten weitere Tupperdosen und Schüsseln gereicht. Leo und ich begrüßten alle herzlich, versicherten meinem Onkel Dieter zum hundertsten Mal, dass wir nur befreundet und kein Paar waren und suchten uns einen Platz auf der Couch. Ich liebte dieses Gewusel zu Weihnachten, wenn die ganze Familie zusammenkam. Für Leo war das ziemlich ungewohnt, aber ich war mir sicher, dass er sich gut schlagen und den Abend genießen würde. Mia hatte sich zu uns gesellt und erklärte Leo geduldig, wer wie mit wem verwandt war, wer welche Macken hatte und wen wir besonders gerne hatten. Ich sah bei meiner Mutter in der Küche vorbei und staunte nicht schlecht über das Buffet. Inzwischen waren alle Familienmitglieder da und die Arbeitsplatten in der Küche waren zum Bersten gefüllt mit Leckereien. Salate jeglicher Art, meine Teigtaschen, Kuchen, Törtchen, Plätzchen, eine Wurst- und Käseplatte, kleine Häppchen, gebratenes Gemüse, verschiedene Fleischgerichte, Rosmarinkartoffeln, Würstchen, Pudding, gefüllte Eier – es würde den Rahmen sprengen, würde ich alles aufzählen. Alle machten sich bereit und die Schlacht ums Buffet konnte beginnen.

Unter lautem Geschnatter, jeder Menge Gläserklirren und Besteckklappern ging unser Weihnachtsessen vonstatten. Es schmeckte himmlisch! Und unser Weihnachtsbaum strahlte noch viel schöner als ich es in Erinnerung hatte. Das ganze Wohnzimmer war so gemütlich hergerichtet, das Feuer im Kamin prasselte, die Lichterketten funkelten und unter dem Baum stapelten sich die Wichtelgeschenke. Auf dem Kaminsims meiner Eltern standen gerahmte Fotos all der Familienmitglieder, die nicht mehr unter uns weilten. Meine Mutter hatte wie jedes Jahr die Ecken einiger Rahmen mit kleinen Weihnachtsmützen dekoriert.

Als alle mit dem Essen fertig waren, konnten es vor allem die Kinder nicht mehr abwarten, endlich Geschenke auszupacken. Wir schauten alle dabei zu, wie die Kleinen ihre Päckchen voller Freude und Wonne aufrissen, mit staunenden Gesichtern bewunderten, was ihnen der Weihnachtsmann gebracht hatte und sich wie Bolle freuten. Als wir sicher waren, dass sie beschäftigt und selig waren, ging es ans Wichteln. Dazu hatten wir einige Würfel auf dem langen Esstisch meiner Eltern verteilt. Wer eine sechs würfelte, durfte sich sein Paket unter dem Baum heraussuchen, die mein Vater vorher heimlich von den Gästen eingesammelt und dort drapiert hatte. Alle Päckchen waren mit einem Namensschild versehen und in rotes Papier eingewickelt, sodass niemand wusste, von wem er beschenkt worden war. Beim Würfeln ging es heiß her, aber irgendwann hatten wir alle unsere Wichtelgeschenke ausgepackt. Ich saß glücklich mit einem neuen Buch und einer riesigen Packung meiner liebsten Schokolade am Tisch, auch Leo schien sich vollends wohlzufühlen und bedankte sich zum ungefähr hundertsten Mal bei der geheimen Person, die ihm sein Wichtelgeschenk – ein neues Paar Motorradhandschuhe – bereitet hatte. Ich wusste zufällig, dass Mia ihn gezogen und deutlich mehr Geld ausgegeben hatte, als die vereinbarten 20 Euro, aber das würde er von mir niemals erfahren.

Es ging noch sehr lustig zu. Wir genossen den Abend, lachten viel, tranken den einen oder anderen Eierlikör, aßen viel zu viel, sangen gemeinsam, die Kinder trugen Gedichte vor und meine Cousine klimperte einige Lieder auf der Gitarre. Außerdem wurden einige Anekdoten über meine Oma und weitere bereits verstorbene Familienmitglieder ausgetauscht. Das war eine unserer wichtigsten Traditionen, um nie zu vergessen, wie wichtig sie uns immer noch waren und auch immer sein würden. Mein Vater verschwand irgendwann für einige Minuten und kam dann mit einer Kiste voller Weihnachtsaccessoires zurück, um ein lustiges Familienfoto zu machen. Meine Tante versuchte derweil, den Selbstauslöser ihrer Kamera zu finden, wobei sich lautstark gleich mehrere Familienmitglieder einmischten und es besser wussten – es war alles wie immer. Und ich liebte jede Sekunde dieses Abends. Leo zierte sich erst, mit aufs Bild zu kommen, aber gegen meine resolute Tante Uschi kam er nicht an. Sie zog ihn mit aufs Bild, drückte ihm einen fetten Knutscher auf die Wange und den restlichen Abend verbrachte er mit ihrem rosa Lippenstiftabdruck im Gesicht.

Als sich nach und nach alle auf den Weg nach Hause machten, blieben Leo, Mia, meine Eltern und ich gemütlich im Wohnzimmer sitzen. Inzwischen war es nach Mitternacht und wir hatten noch unsere eigene kleine Bescherung vor uns. Jeder von uns legte einige Geschenke unter den Baum und nach und nach überreichten wir sie uns. Als wir alles ausgepackt hatten, kam der Moment, auf den ich mich am allermeisten gefreut hatte. „Ich habe für jeden von euch noch eine Überraschung", verkündete ich, ging in den Flur und kam mit vier weiteren Geschenken zurück. „Das ist doch viel zu viel, Süße", warf meine Mutter ein, aber ich winkte ab. „Seht es als Geschenk für euer inneres Kind", sagte ich und bat sie, nacheinander und nicht zeitgleich auszupacken, weil ich genau sehen wollte, wer wie reagierte. Mein Vater packte seine Carrerabahn als erster aus und ihm entfuhr ein Freudenschrei. „Alex, du bist doch verrückt! Die wollte ich doch schon immer haben", rief er und drückte mich fest an sich.

Als meine Mutter ihr Steiff-Kuscheltier auspackte, rollte ihr eine einzelne Träne die Wange hinab. „Danke Alex. Das bedeutet mir sehr viel", flüsterte sie, küsste meinen Scheitel und drückte das Kuscheltier fest an sich. Danach war Mia dran. „Ist es das, was ich denke, was es ist?", fragte sie und riss das Papier auf. „Juhu! Leute, wir können sofort anfangen zu kneten!", brüllte sie und riss den Karton von Playdooh Dr. Wackelzahn auf. Blieb noch Leo übrig. Er hatte mir vor Jahren mal erzählt, dass er sich als Kind immer ein ferngesteuertes Auto gewünscht hatte, seine Eltern aber nicht genug Geld gehabt hatten. Als es ausgepackt vor ihm lag, schaute er mich entgeistert an. „Das hast du dir gemerkt?", fragte er fassungslos und krallte seine Finger in den Karton. „Klar. Wozu hat man denn seine Familie?", antwortete ich und schloss ihn fest in meine Arme. „Du bist für mich wie ein Bruder. Fröhliche Weihnachten", wünschte ich ihm und er erwiderte meine Umarmung herzlich.

Nach dieser gelungenen Überraschung saßen wir noch eine Weile zusammen und mit der Zeit wurden wir alle müde. Mia, Leo und ich bauten uns ein Nachtlager auf, das aus ungefähr tausend Kissen und Decken bestand, machten uns bettfertig, kuschelten uns in unserem Kissenlager ein, wünschten meinen Eltern eine gute Nacht und schliefen wenig später glücklich ein.

Heutige Aufgabe:
Genieß den Tag, so gut es geht.

Heutiges Lied:
Scala & Kolacny Brothers – Christmas must be tonight

25. Dezember

Freunde sind die
Familie, die man
sich aussuchen kann

„Guten Morgen, ihr Süßen", trällerte meine Mutter und kam ins Wohnzimmer. Ich öffnete müde die Augen und musste mich erst einmal kurz orientieren. „Frohe Weihnachten!", rief nun auch mein Vater und tapste im Pyjama meiner Mutter hinterher. „Frohe Weihnachten", erwiderten Leo, Mia und ich wie aus einem Munde und wurschtelten uns aus unserer Kissenburg. „Ich schlage vor, ihr wacht erstmal in Ruhe auf und ich mach derweil Frühstück, okay? Wir haben noch so viel Essen übrig, das gibts gar nicht", plapperte meine Mutter fröhlich drauf los und wir gingen nacheinander ins Badezimmer.

Zwanzig Minuten später saßen wir allesamt angezogen am Esstisch und hatten uns die Teller mit den Leckereien des Vorabends vollgeladen. Leo biss voller Appetit in eine Teigtasche mit Hackfleischfüllung, Mia aß ein gefülltes Ei und aus dem Radio meiner Eltern sang Miley Cyrus fröhlich den Song „Sleigh Ride". Draußen glitzerte der Schnee und wir saßen für einen Moment alle schweigend und kauend am Tisch. „Wie hat dir denn der Abend gefallen, Leo?", fragte meine Mutter meinen besten Freund nach einer Weile. „Ich fands super. Eure Familie ist so toll, vielen Dank nochmal, dass ich mit dabei sein durfte", sagte er artig und sie winkte ab. „Für mich gehörst du zur Familie, seit du das erste Mal bei uns Zuhause warst. Du bist so ein toller Freund für Alex, da ist das mehr als selbstverständlich." Ich bin mir nicht sicher, aber für einen Moment sah es so aus, als würde Leo gleich in Tränen ausbrechen. Er schluckte stattdessen dreimal tapfer, räusperte sich und bedankte sich nochmal.

Abends waren Leo und ich bei Ina und Matti eingeladen. Wir wollten ein paar entspannte Stunden zusammensitzen und unsere Freundschaft zelebrieren. Als ich auf mein Handy schaute, sah ich, dass mir Samu ein schönes Fest gewünscht hatte. Ich schrieb ihm zurück und fragte mich, wie seine Familie wohl den gestrigen Abend verbracht hatte. Meine Mutter packte Leo und mir rund fünfzig Tupperdosen voll mit Essen, das wir mit zu Ina und Matti nehmen sollten und wir machten uns nach einem gemütlichen Tag im Wohnzimmer meiner Eltern auf den Weg zur Kirche, in die Leo ab und zu ging. Ich hatte ihm versprochen, ihn zu begleiten, damit er mir zeigen konnte, was ihm an Weihnachten wichtig war.

In der Kirche angekommen, bestaunte ich die wunderschönen Bunt-
glasfenster, den riesigen Altar mit dem hölzernen Kreuz und die
kunstvoll geschmückten, dunklen Bankreihen. Der Pfarrer hielt eine
wunderschöne Andacht ab, in der es viel um Dankbarkeit, Demut,
Glück und Wertschätzung ging. Selbst für mich, die nicht super
gläubig war, hatten seine Worte eine tiefe Bedeutung und ich schloss
jedes einzelne in mein Herz ein. Der Kirchenchor trug einige Lieder
vor, bei denen wir leise mitsangen. Leos dunkle, volle Stimme berührte
mich, auch wenn ich selten in den Genuss kam, ihm beim Singen zuhören zu dürfen. Nach einer halben Stunde war unser Besuch in der
Kirche vorbei und wir machten uns auf den Weg zu unseren Freunden.

Bei Ina und Matti angekommen, begrüßte uns ein völlig überdrehter
Mo. Er wusste gar nicht, mit welchem Geschenk er uns zuerst beein-
drucken wollte – und das, obwohl seine Eltern extra darauf geachtet
hatten, ihm nicht zu viel zu schenken. Während wir sein neues Dino-
saurierbuch bewunderten, legte Ina unauffällig mein Geschenk
für Mo unter den Baum. „Schau mal mein Schatz, da hat der Weihnachtsmann wohl noch etwas für dich gebracht", sagte sie und Mo
stürmte sofort mit großen Augen zum Weihnachtsbaum, riss das
Papier auf und klatschte fröhlich in die Hände, als er das Schleimset erblickte. „Juhuuuuuuuu", rief er mit glänzenden Augen und
hopste durchs Wohnzimmer.

Der Abend war so gemütlich und schön, wir ließen gemeinsam das
Jahr Revue passieren, erinnerten uns an die schönen, aber auch an
die traurigen Momente, hielten Loblieder aufeinander, versicherten
uns, wie sehr wir uns doch liebten und es floss die ein oder andere
Träne der Dankbarkeit und Freude. Gegen zehn Uhr waren wir alle so
müde, dass uns beinahe die Augen zufielen. Mo lag schon seit einigen
Stunden vollkommen groggy im Bett und mich zog es langsam auch
wieder in meine eigenen vier Wände. Nachdem wir uns verabschiedet
hatten, saßen Leo und ich wieder in meinem Auto und ich fuhr ihn
nach Hause. „Danke für deine Hartnäckigkeit und das schöne Weihnachtsfest. Vielleicht verstehe ich jetzt doch langsam, wieso du so viel
daran findest", sagte er, als wir vor seiner Wohnung angekommen
waren. Ich versicherte ihm, dass er jederzeit mit uns feiern konnte und
winkte ihm zum Abschied.

Als ich den Schlüssel zu meiner Wohnung umdrehte und die diversen Tupperdosen meiner Mutter im Kühlschrank verstaut hatte, ging ich sofort ins Bad, ließ alles andere stehen und liegen, wo es war, schminkte mich ab, putzte meine Zähne und fiel todmüde und selig ins Bett.

Heutige Aufgabe:
Wünsche allen deinen Liebsten ein schönes Fest und sag ihnen, wie wichtig sie dir sind.

Heutiges Lied:
Miley Cyrus – Sleigh Ride

26. Dezember

Was wirklich zählt im Leben

Nachdem ich ausgeschlafen hatte, streckte ich mich und gähnte ausgiebig. Für heute stand nichts auf dem Programm und ich war dankbar darüber. So schön das Weihnachtsfest auch immer war, es kostete viel Kraft. Draußen schneite es leicht, ich ging eingewickelt in meine Bettdecke ins Wohnzimmer und betrachtete meinen Adventskalender. Alle Fenster und Türen standen offen, alle Geheimnisse und Überraschungen waren gelüftet. Ich hatte die Zeit so genossen und war etwas traurig, dass es vorbei war und ich ein Jahr warten musste, bis wieder Weihnachten war.

Mit dem Handy in der Hand, setzte ich mich auf die Couch und beantwortete einige Nachrichten, die in den letzten Tagen eingetrudelt waren. Heiligabend legte ich mein Handy grundsätzlich zur Seite und auch gestern wollte ich lieber den Moment genießen und nicht am Handy kleben. Nachdem ich alle Nachrichten beantwortet und jede Menge liebe Wünsche versendet hatte, dachte ich über Samu nach. Er war meist derjenige gewesen, der sich gemeldet hatte und ich überlegte, ob ich ihn stören würde, wenn ich ihm schreiben würde. „Was solls, er kann ja antworten, wann es passt", sagte ich mir selbst und schrieb ihm eine Nachricht. „Na, bist du fleißig am Arbeiten oder hast du heute frei?". Soweit ich wusste, hatte der Weihnachtsmarkt heute offen.

Eine Viertelstunde später bekam ich meine Antwort. „Ich hab heute zum Glück frei, sitze vollgefuttert auf der Couch und mache absolut gar nichts. Wie siehts bei dir aus?", fragte er und ich stellte mir vor, wie er in Jogginghose auf der Couch gammelte und Süßigkeiten mümmelte. „Ähnlich, ich glaube, ich platze gleich!", schrieb ich zurück. „Lust auf einen Schneespaziergang? Schadet uns sicher beiden nicht", fragte er mich und ich überlegte einige Minuten, ob ich rausgehen oder lieber drinnen bleiben wollte. Es wäre endlich die Möglichkeit, alleine Zeit mit Samu zu verbringen und ihm alle Fragen zu stellen, die mir seit Tagen auf der Seele brannten. Ich schrieb ihm, dass ich gerne mit ihm spazieren gehen wollte und wir verabredeten uns in einer Stunde am Eingang eines Parks in der Nähe meiner Wohnung. Da Samu mich schon im hässlichen Weihnachtspulli und im betrunkenen Zustand auf der Wilden Maus gesehen hatte, gab ich mir mit meinem Outfit keine große Mühe, zog eine bequeme Hose und einen schlabbrigen Hoodie an. Er würde eh nicht sehen, was ich trug, schließlich hatte ich eine dicke Winterjacke an. Ich setzte mir meine Mütze auf, wand mir den Schal um den Hals, schlüpfte in die Handschuhe und in meine Winterstiefel und stapfte los.

Im Hausflur kamen mir Elli und ihre Familie entgegen. Nachdem sich Ellis Eltern herzlich bei mir für die Fußabdrücke ihrer Babys bedankt hatten, wurde ich langsam unruhig, weil ich Samu nicht warten lassen wollte. „Sorry ihr Lieben, ich muss jetzt leider los", verabschiedete ich mich hastig und machte mich auf den Weg zum Park.

Samu wartete schon auf mich und während der Schnee unter unseren Stiefeln knirschte, unterhielten wir uns. Ich fragte ihn alles, was ich wissen wollte, er stellte jede Menge Fragen zurück und ich merkte, wie spannend ich seine Persönlichkeit fand. Er hatte so viele verborgene Talente, brannte für seine Hobbys und hatte noch einiges in seinem Leben vor. Ich liebte es, wenn jemand Begeisterung versprühte und den ganzen Spaziergang über hatte ich ein Lächeln auf den Lippen.

Als wir beide ziemlich durchgefroren waren, beschlossen wir, uns langsam wieder auf den Weg nach Hause zu machen. Am Ausgang des Parks angekommen, wusste ich nicht so richtig, wie ich mich verabschieden sollte. Samu nahm mir diese Entscheidung ab und schloss mich fest in seine Arme. Meine Nase grub sich in seine weiche Jacke, die vom Schnee etwas feucht war. Ich umarmte ihn zurück und hob leicht meinen Kopf, um ihn anzulächeln. „Bis bald, Alex", sagte er, lächelte ebenfalls und wir gingen beide unseres Weges.

Abends saß ich auf der Couch, trank einen Tee und hörte wieder einmal „My December" von Linkin Park und hielt meine Schneekugel in den Händen.

„And I'd give it all away
Just to have somewhere to go to
Give it all away
To have someone to come home to"

Das Jahr hatte so beschissen angefangen und ich hatte nicht erwartet, dass es sich so schön entwickeln würde. Ich wusste nicht, was aus Samu und mir werden würde, aber ich hatte das Gefühl, dass er für mich derjenige sein könnte, zu dem ich nach Hause kommen wollte. Dem ich mein Herz öffnen könnte und der mein Herz mit Achtung und Dankbarkeit entgegennehmen würde. Dieses Gefühl war gemeinsam mit der Freude meiner Liebsten über ihre Überraschungen das schönste Geschenk, das mir zu Weihnachten gemacht werden konnte. Denn darauf kam es schließlich an im Leben: nicht auf materielle Dinge, sondern auf Liebe, Freundschaft, die Familie und den Genuss des Lebens.

Heutige Aufgabe:
Schau auf das Jahr zurück und such dir vor allem bewusst die schönen Momente heraus.

Heutiges Lied:
Linkin Park – My December

01. Dezember

Ein Jahr später

„Hätte ich doch bloß meine verdammte Mütze aufgesetzt“, dachte ich, als ich mich durch den eisigen Wind zur Bushaltestelle kämpfte. Ich zog gehetzt mein Handy aus der Jackentasche, um die Uhrzeit zu checken. Auch ohne richtig hinzugucken, wusste ich, dass ich auf jeden Fall zu spät kommen würde. Während ich mir den Schal enger um den Hals schlang und dabei versuchte, auch meine Ohren vor dem eisig pfeifenden Wind zu schützen, sah ich aus dem Augenwinkel, wie der Bus, den ich nehmen wollte, an mir vorbeifuhr. „Das gibt's doch nicht“, fluchte ich innerlich und lief automatisch etwas langsamer. Jetzt brauchte ich mich auch nicht mehr beeilen. Mit langsamen Schritten ging ich weiter in Richtung Bushaltestelle, und tippte eine Nachricht in mein Handy, um Bescheid zu sagen, dass ich erst in 15 Minuten da sein würde. Die Antwort kam sofort: „Hetz dich nicht, ich laufe nicht weg. Freu mich auf dich!“ Ich lächelte, atmete tief durch und beschloss, mir von meinem eigenen verhunzten Zeitmanagement nicht die Laune verderben zu lassen.

Als ich kurze Zeit später aus dem Bus stieg, pfiff der Wind immer noch eiskalt von der Seite, aber ich war deutlich entspannter und merkte, wie mein Herz etwas schneller schlug. Ich lief ein paar Schritte, als mich jemand von hinten am Arm packte. Erschrocken drehte ich mich um – und schaute direkt in Samus funkelnde Augen. „Na, bist du bereit für das Gewusel im Supermarkt?“ fragte er und lächelte mich frech an. „Bereit, wenn du es bist“, antwortete ich und gab ihm einen zärtlichen Kuss. Er nahm meine Hand und gemeinsam gingen wir den restlichen Weg zu dem Laden, der alles für unser gemeinsames Abendessen bereithielt. Ich merkte, dass Samu sich anders verhielt, als sonst und war kurz davor, ihn zu fragen, entschied mich aber dann doch dagegen. Als wir alle Zutaten beisammen hatten, machten wir uns auf den Weg zu meiner Wohnung.

Dort angekommen schälten wir uns aus unseren Jacken, ich schlüpfte in meine flauschigen, warmen Hausschuhe, machte uns Musik an und wir stellten uns nebeneinander in die Küche, um unser Essen zuzubereiten. Am Fenster leuchteten meine funkelnden Lichterketten, neben dem Herd hingen mit Schneeflocken bedruckte Topflappen und ich freute mich wahnsinnig auf den gemeinsamen Abend mit Samu. Endlich wieder Dezember!

Während er Tomaten und Knoblauch schnitt, fiel mir wieder auf, dass er anders wirkte. Als würde er etwas verschweigen. Ich hielt es nicht mehr aus. „Ist alles okay?" erkundigte ich mich unsicher. Er schaute irritiert vom Schneidebrett auf. „Ja, wieso? Was soll sein?" fragte er zurück. „Ich weiß nicht, du bist irgendwie anders, als sonst. Ich merk das schon die ganze Zeit. So, als würde dich irgendetwas bedrücken", antwortete ich und guckte ihn aufmerksam an. Er seufzte, wischte sich die Hände an seiner Hose ab, überlegte kurz und grinste mich dann schief an. „Vor dir kann man aber auch wirklich nichts verbergen. Ich wollte eigentlich bis nach dem Essen warten, aber das schaffe ich nicht mehr. Dazu bin ich zu gespannt auf deine Reaktion", sagte er, nahm meine Hand und führte mich ins Wohnzimmer. „Setz dich, schließ die Augen und guck erst, wenn ich es dir sage", befahl er mir und ich tat, wie mir geheißen. Ich hörte seine Schritte, die sich von mir entfernten, hörte, wie er den Reißverschluss seines Rucksacks öffnete und wieder zurück zu mir kam. „Hände ausstrecken", forderte er, und es kostete mich sämtliche Selbstbeherrschung, nicht die Augen zu öffnen. Als ich meine Hände ausgestreckt hatte, stellte er eine Papiertüte auf meine Handflächen. „Jetzt kannst du die Augen wieder öffnen", sagte er und ich konnte das Lächeln in seiner Stimme hören.

In meinen Händen hielt ich eine schwarze Papiertüte, aus deren Öffnung knisterndes Einschlagpapier lugte. Einschlagpapier, das ich noch sehr gut aus dem letzten Jahr in Erinnerung hatte, als ich mir am Stand von Samus Großmutter meine Schneekugel gekauft hatte. Mit leuchtenden Augen und pochendem Herzen zog ich das Papier samt Inhalt aus der Tüte, während Samu mich gespannt beobachtete. Als ich mit dem Auspacken fertig war, hielt ich eine wunderschöne Schneekugel in den Händen. Der Sockel bestand aus schwarzem, polierten Holz mit aufwendigen Schnitzereien, an der Seite befand sich ein goldenes Schlüsselchen, was mich vermuten ließ, dass auch in dieser Schneekugel eine Spieluhr eingebaut war. Ich drehte vorsichtig am Schlüssel und sofort erklangen die ersten Töne von „Es war ein-mal im Dezember" aus dem Film „Anastasia". Sprachlos schaute ich Samu an, der inzwischen wieder vollkommen entspannt wirkte. „Und, gefällt sie dir?" fragte er lächelnd und ich umarmte ihn, die Schneekugel fest in meiner linken Hand. „Ich liebe sie!", stammelte ich und schaute mir den Inhalt der Kugel genau an.

In der Glaskugel stand ein Berg voller Schnee, auf dem sich kleine Figuren befanden. Einige auf Schlitten, andere waren dabei, eine Schneeballschlacht zu machen und wieder andere bauten einen Schneemann. Zuerst dachte ich, es sei Zufall, dass eine der Figuren Ähnlichkeit mit meiner Schwester hatte – als ich mir dann genauer anschaute, wie die restlichen Figuren aussahen, schnappte ich laut nach Luft. „Das sind doch... wie hast du... was?" purzelten mir die Wörter aus dem Mund und Samu fing laut an zu lachen. „Ja, das sind deine liebsten Menschen in einer Schneekugel. So detailgetreu, wie möglich", bestätigte er mir stolz. Leo, Ina, Matti, Mia, meine Eltern, Samus Großmutter, Samu selbst, ich – ich kam aus dem Staunen gar nicht mehr raus. Es waren alle da, sogar Elli und die Zwillinge. Das Lied war längst verklungen und ich drehte nochmal am Schlüssel, um wieder und wieder von der zauberhaften Melodie umfangen zu werden. Ich schüttelte die Kugel und der künstliche Schnee und zarter, goldener Glitzer, schwebten langsam vom oberen Ende der Kugel zu Boden. „Samu, ich habe noch nie in meinem Leben ein so wunderschönes Geschenk bekommen. Ich weiß gar nicht, wie ich mich bedanken soll", sagte ich und spürte, wie mir eine Träne der Dankbarkeit über die Wange rollte. „Freu dich einfach, dann freu ich mich auch", winkte er ab und strahlte mich an.

Nachdem ich mich noch ungefähr zwanzigmal bedankt hatte, beschlossen wir, zurück in die Küche zu gehen, um unser Abendessen zuzubereiten. Dabei sprachen wir über die anstehende Adventszeit und Samus und meinen Einsatz auf dem Weihnachtsmarkt.

Seit wir im Februar offiziell ein Paar wurden, war mir klar, dass ich dieses Jahr gerne seiner Familie auf dem Weihnachtsmarkt helfen wollte. Vor allem der Schneekugelstand hatte es mir angetan – was nun wirklich niemanden mehr überraschte – und ich hatte schon im Frühjahr angefangen, von ihm und seiner Großmutter alles über Schneekugeln zu lernen, was sie mir beibringen konnten. Wir hatten etliche Stunden zusammen in der kleinen, gemütlichen Werkstatt verbracht, neue Designs ausgetüftelt, unterschiedliche Größen der Kugeln geplant, jede Menge neue Glitzerfarben ausgesucht und uns so schöne Schmuckstücke überlegt, dass ich mir sicher war, dass uns die Kugeln förmlich aus den Händen gerissen werden würden. Samus Großmutter und ich waren inzwischen ein Herz und eine Seele. Sie half mir sehr dabei, über den Verlust meiner eigenen Großmutter zu sprechen und ich fühlte mich ein bisschen so, als hätte ich eine zusätzliche Verwandte dazugewonnen. Auch Samu hatte sich gut in mein Leben eingefügt. Er verstand sich sehr gut mit Ina, Leo, Matti und Mia und auch meine Eltern waren ganz begeistert von ihm. Manchmal konnte ich mein Glück gar nicht fassen.

Unser Essen – Nudeln mit Burrata und einer köstlichen Soße aus frischen Tomaten, Basilikum, Möhre, Zwiebeln, Knoblauch und Chili – schmeckte himmlisch und wir machten es uns auf der Couch gemütlich, nachdem wir fertig waren. „Ich kann es gar nicht abwarten, Ina die Schneekugel zu zeigen“, sagte ich Samu und er erwiderte: „Kannst du schneller machen, als du denkst“. Verwirrt schaute ich ihn an. „Ich seh sie erst in ein paar Tagen, ich weiß nicht, ob ich das aushalte“, murmelte ich. Samu hob seinen Arm und warf einen Blick auf seine Uhr. „Oder in ein paar Minuten“, sagte er cool und ich richtete mich auf. „Was weißt du, was ich nicht weiß?“, fragte ich verdattert und im selben Moment klingelte es an der Tür. Ich sprang auf und spürte, wie mein Herz voller Vorfreude klopfte. „Samu, du hast doch nicht etwa Ina eingeladen?“, rief ich, während ich auf den Türsummer drückte und die Wohnungstür öffnete. „Nö, er hat uns gleich alle eingeladen“, dröhnte mir Leos Stimme entgegen, sobald meine Tür auch nur einen kleinen Spalt offen stand. „Was ist das denn bitte für eine schöne Überraschung?“, jubelte ich und fiel erst Leo, dann Ina, dann Matti und anschließend Mia um den Hals. „Du kannst doch nicht in den Dezember starten, ohne deine liebsten Menschen an deiner Seite zu haben. Deswegen dachte ich, wir machen alle zusammen einen „Endlich wieder Dezember“-Abend“, schmunzelte Samu, der mit den Händen in den Hosentaschen am Türrahmen des Wohnzimmers lehnte. Erst jetzt fielen mir die vielen Tüten und Beutel auf, die meine Freunde und meine Schwester angeschleppt hatten. Inzwischen standen wir alle im Wohnzimmer und ich starrte sie perplex an. „Was habt ihr denn da alles drin?“, fragte ich und spürte schon wieder die Tränen in meinen Augenwinkeln. „Alles, was wir für einen angemessenen Start in die Weihnachtszeit brauchen – mach dich bereit für jede Menge Kakao, Glühwein, Süßigkeiten und Ugly Christmas Sweater", sagte Ina und grinste mich fröhlich an. „Ach ja, wir haben dir auch noch einen Adventskalender besorgt", ergänzte Mia und drückte mir eine Schachtel in die Hand. „Für jeden Tag eine Sorte Tee, selbst zusammengestellt und mit schönen Sprüchen für den Tag", erklärte sie und ließ sich anschließend auf die Couch fallen. Auch Ina und Matti hatten es sich bequem gemacht, Leo lümmelte schon auf meinem flauschigen Teppich und hatte eine Tüte Spekulatius aufgerissen. Nur Samu lehnte noch im Türrahmen und musterte mich glücklich. „Ich weiß gar nicht, was ich sagen soll – ihr seid einfach die besten!" rief ich und schaute mich selig im Wohnzimmer um. Ich hatte am Abend zuvor weihnachtlich geschmückt, meine besten Freunde und mein Partner waren da, der Dezember hatte begonnen – und ich freute mich auf alles, was er dieses Jahr mit sich bringen würde.

Heutige Aufgabe:
Starte auf deine Art in die Weihnachtszeit und nimm dir etwas Zeit für dich.

Heutiges Lied:
Jana Werner – Es war einmal im Dezember

Danksagung

Wo fange ich am besten an? Vielleicht beim Ursprung meiner Liebe zu Weihnachten – bei meiner Familie. Mama, Papa, Bea, Anne, Lisa, Ulli, Hygo und Oma, mit euch habe ich die schönsten Feste verbracht, die ich mir vorstellen kann. Jeder einzelne von euch hat seinen Teil dazu beigetragen, dass ich auch als Erwachsene noch ein Leuchten in den Augen habe, wenn ich an die Adventszeit denke und mich auf Weihnachten freue. Ihr seid der Grund, dass ich überhaupt eine so kitschige Geschichte schreiben konnte, weil ihr diese Zeit so besonders macht. Wally, Frank und Lea, auch mit euch ist es immer schön gewesen, wenn auch viel zu selten.

Hackl, du hast immer die schönste Weihnachtsdeko und ein Händchen dafür, Gemütlichkeit zu schaffen, das liebe ich so sehr. Du hast diesen Kalender zum Leben erweckt und dir so viel Mühe gemacht. Ich kann mir keine bessere Schwester als dich vorstellen.

Mama, du hast sowohl früher als auch heute immer dafür gesorgt, dass Heiligabend magisch wurde. Wer wohl die nächsten Jahre die Mandel im Milchreis haben wird? Ich möchte jedenfalls kein Jahr ohne diese Tradition erleben. Danke, dass du dir immer so viel Mühe gibst, das weiß ich sehr zu schätzen.

Papa, du erträgst es jedes Jahr aufs Neue, dass wir laut und fröhlich Weihnachtslieder singen und bist der beste darin, die Lichterketten anzubringen. Das möchte ich unbedingt noch von dir lernen. Und schnitzen. Und noch mehr über Mineralien. Danke für alles.

Catharina – du hast dir so viel Zeit genommen, um jede Seite dieser Geschichte so lange zu durchforsten, bis alles logisch war und sich nichts mehr doppelte. Vermutlich wirst du die Worte „niedlich", „Glitzer" und „duftend" nie wieder loswerden. Danke für jede schöne Erinnerung, die wir miteinander teilen und dass du immer da bist.

Svenja – neben allem, was du auf dem Tisch hast, hast du trotzdem die Zeit gefunden, mir bei diesem Herzensprojekt zu helfen und hast sowohl das Innenleben, als auch das Außenleben dieses Buches so wunderschön gestaltet. Wer hätte gedacht, dass eine Miniclubfreundschaft mal dazu führt, dass wir so viele schöne Momente gemeinsam erleben dürfen?

Mr. X – auch wenn du dieses Buch vermutlich niemals lesen wirst, danke ich dir, dass du mir immer zur Seite gestanden hast. Und werde dir diese Stelle unter die Nase halten.

Rania – danke, dass du das Buch auf Tippfehler und Co. durchwühlt hast, ich hoffe, das letzte Kapitel gefällt dir. Schön, dass du ein Teil meines Lebens geworden bist.

Marianne, Miri, Jana, Nici, Pauli, Vicky, Daniel, Karen, Janina, danke für eure jahrelange Freundschaft und eure bedingungslose Unterstützung. Ihr seid mir so unfassbar wichtig.

Erwin, Nils, Vincent und Isabelle – ich wünsche euch, dass ihr auch mit so tollen Weihnachtserinnerungen aufwachsen werdet und verspreche hoch und heilig, dass ich mir Mühe gebe, jedes Weihnachten, das wir gemeinsam verbringen, magisch und schön zu gestalten.

Amira, du bist für mich das schönste Weihnachtswunder 2024 und ich kann es nicht erwarten, dich kennenzulernen. Ich verspreche dir, die coolste Tante von allen zu sein. Ich versuche es zumindest. Und ich hoffe, dass ich dir die Liebe zum Lesen und zum Feste feiern mit auf den Weg geben kann.

Lisa, Steffi, Jenny, Maren und Kathi – meine Buchmädels, auf euch ist immer Verlass. Danke für so viele schöne und lustige Momente. Ich freue mich auf alle Buchmessen, die noch anstehen!

Nicht zu vergessen natürlich die expectobooktronum-Community. Ihr macht YouTube zu einem so schönen Ort, den ich nicht mehr missen möchte. All die lieben Kommentare, Nachrichten, der rege Austausch über Bücher und das Lesen ist für mich so wichtig geworden. Ich bin unendlich dankbar, was ich durch euch schon für schöne Momente erleben durfte und was für tolle Gespräche wir schon hatten. Danke für die bedingungslose Unterstützung, auch wenn eine

Weile keine neuen Videos kamen. Und danke, dass ihr mich dazu ermutigt habt, dieses Buch drucken zu lassen! Davon habe ich schon immer geträumt. Und jetzt können wir es einfach wirklich IN DEN HÄNDEN HALTEN, HALLO? KNEIFT MICH MAL BITTE JEMAND? Danke, dass du dieses Buch gekauft hast.

Über die Autorin

Lena Treichel, geboren 1991, ist seit 2016 als Buchbloggerin unter dem Namen expectobooktronum auf YouTube aktiv. Sie wohnt in Berlin und liebt es, mit einem guten Buch eingekuschelt im Bett zu liegen und die Welt um sich herum zu vergessen. Außerdem liebt sie es, Geschichten zu erfinden und in Tagträumen zu versinken.

Bildquellen

Cover
Hintergrundbild
Bild von wirestock auf Freepik:
https://de.freepik.com/fotos-kostenlos/die-schoenen-leuchtenden-sterne-am-nachthimmel_7631083.htm#fromView=search&page=1&position=27&uuid=7d24cb67-171c-4440-95e6-893db6522476

Schneekugel
Bild von vectorpocket auf Freepik:
https://de.freepik.com/vektoren-kostenlos/realistische-kristallkugel-eingestellt-mit-gefallenem-schnee_5581912.htm#fromView=search&page=1&position=3&uuid=2fa52a6d-7f63-48f8-9f7d-6b316441fc37